淘寶黃金手

卷六 爭名奪利

羅曉 著

目錄

淘寶
黃金手

第八十六章

情海生波

周宣在大門邊的石階上坐了下來，
一顆心無比的絞痛，無論如何都定不下心來。
面前過往的行人都用異樣的眼光看著他，
他也絲毫不在意，心裏只想著一定要見到傅盈。
天黑了，周宣呆呆地坐著，直到夜深。

周宣躺在床上，這時才後悔起來，到雲南的時候，滿腦子想著要賺錢，賺那麼多錢幹什麼？自己的錢一家人足夠用一輩子了，還那麼貪心幹嘛？錢再多，能有盈盈重要嗎？

一夜思來想去愁腸百結，一分鐘都沒有合眼，真是度時如年，好不容易等到了五點，周宣便起身出房。

金秀梅、周瑩、老爸周蒼松都在。一家人都沒睡，見到周宣出來，趕緊都站起身來。

金秀梅見兒子雙眼紅腫，滿是血絲，嚇了一跳，趕緊問道：

「兒子，你沒事吧？可別嚇媽呀！」

周宣搖搖頭，直接往門外走，邊走邊道：「媽，我沒事，我到美國去一趟，要見到傅盈，親自問她。你們不要擔心！」

哪裡能夠不擔心！一家人都緊跟著周宣追出門外。

周宣出了宏城花園，到外面的公路上攔了計程車，這時候天還沒亮。

周宣上了車，對爸媽和妹妹揮了揮手，說道：「你們都回去吧，放心，我沒事，去了就回來。我會把盈盈帶回來的！」

早上不堵車，上了高速到國際機場後，離航班起飛還有差不多一個小時。

先到窗口把機票領了，又檢查了一遍護照證件，都好好的。周宣坐在候機室裏等候著，捧著臉望著電子螢幕上的時鐘，心急如焚。

冰氣大漲後，周宣的性情似乎也隨著冰氣而淡然沉穩了很多，但今天卻是無論如何都鎮定不下來了。

好不容易才到六點半，通關時間到了，周宣急匆匆地第一個就趕到通關處，乘客分乘幾班機場巴士準備到機場上飛機。

周宣買的是頭等艙的座位，雙手空空的，也沒有行李，剛坐好，身邊就坐下來一個人，側頭看了看，周宣不禁一怔！

竟然是魏曉晴！

「你跟著我幹什麼？」周宣有些氣惱。

魏曉晴不僅跟了來，甚至連座位都跟他在一起。當然，以魏家的關係，弄一張機票又算得了什麼！就是把這整班飛機包下來都不奇怪。

魏曉晴咬著唇，嘟了嘟嘴，然後道：「飛機又不是你家的，憑什麼就說我是跟著你了？再說，美國就只能你去不能我去了？」

周宣呆了呆，然後才道：「你要去哪裡我不管，但是到了紐約之後，請你不要跟著我！」

魏曉晴哼了哼，想反駁他，但瞧著周宣紅腫的雙眼，終於是忍住了沒出聲。

周宣一顆心始終是在傅盈身上蕩漾，沒半分心思跟魏曉晴鬥氣。飛機起飛後，魏曉晴讓空中小姐拿了兩杯熱牛奶，一杯遞給了周宣。周宣接過去隨口就喝了，是什麼味道都不知道。

魏曉晴瞧著周宣魂不守舍的樣子，又是生氣又是心痛，卻又不敢再說他什麼，只得在一旁生著悶氣。

周宣眼睛瞧著窗外，這個動作一連兩個小時都沒變過，魏曉晴著實擔心，好在過了十二點，周宣終於躺在座位上睡著了。魏曉晴知道周宣精神上已經疲勞到了極點，多睡一下反而好些，所以連空姐送午餐也沒叫醒他。

周宣一天一夜沒有睡，這一睡下差不多睡了十三四個小時。醒過來時已經又是第二天的凌晨兩點多，瞧窗外天色正亮，這時是當地時間下午兩點左右。

三點剛過，飛機便在紐約機場降落了。

出機場後，在機場大廳裏，周宣對魏曉晴道：「你要去哪兒就去哪兒，反正別跟著我！」

魏曉晴咬著唇沒說話，等周宣走遠了才挪動腳步，其實她心裏也有些糾結，傅盈走了，她心裏便又騰騰地升起了希望，但周宣的表態和意志讓她又很心痛心酸，周宣眼裏就根本沒有她這個人。

周宣在機場大樓外的路邊攔了一輛計程車，上車後，司機問他去哪裡，一聽是英語，周宣不禁傻了眼。

周宣皺著眉正著急時，車門打開了，魏曉晴輕盈盈地鑽進車裏，對司機說道：「唐人街！」黑人司機當即點著頭，開動了車。

魏曉晴又向呆著的周宣問道：「唐人街什麼地方？」

周宣愣了愣，然後才說道：「不記得多少號，但我知道地址，我能指路。」本想又把魏曉晴趕下車，但想起等一下又無法跟黑人司機交流，便道：「等一下到了你可別跟著我。」

周宣的語氣有些兇，魏曉晴眼睛一紅，但還是溫婉地點了點頭，低聲道：「好！」

周宣這才覺得剛才的話可能有些過分了，扭過頭來道：

「曉晴，對不起，你知道的，發生了這樣的事，我擔心盈盈誤會，沒有要對你兇的意思！」

魏曉晴終於忍不住，淚水一滴一滴滑落下來。

周宣不敢再招惹她，將臉背過去，望著車窗外。

周宣指路，魏曉晴解說，黑人司機開車，終於到了傅家。

魏曉晴對周宣道：「你下車吧，我就在車上！」末了又添了一句：「我坐這車走！」這話是讓周宣放心的，表示她不會跟過去。

周宣也沒跟她多說，這時候他心裏緊張得很，一顆心都是想著傅盈，於是下了車，走到傅家大門處才停了下來。

在門口呆立了幾分鐘，周宣咬咬牙重重地按下了門鈴。

門鈴聲響了幾下，門開了。

開門的是上次見到過的那位大嬸，不過周宣那次是跟伊藤一起來的，人家沒有注意他，所以現在並不知道他是誰，便問道：「你找誰？」

周宣趕緊說道：「大嬸，我叫周宣，我是來找傅盈，傅小姐的。」

那大嬸一聽到傅盈的名字，當即沉下臉來，慍道：

「你就是周宣？我們家老爺子交代了，不想見你，趕緊走吧！」

「不見到傅盈，我是不會走的！」周宣盯著她，沉沉地說著，聲音雖然不大，但透露出極堅決的意思。

那大嬸哼了哼，道：「我們家傅小姐已經跟她父母到歐洲打理生意去了，你見不到的。你愛走不走，哼哼，不過我告訴你，就算等一兩個月，你都不會見到我們家小姐的！」

周宣瞪著眼，一雙眼血紅血紅的，喘著氣道：「我不會走，要我走也可以，如果傅盈親自出來跟我說，她要我走，我一定會走，否則，我就是死也不會走！」

那大嬸沒有辦法，氣哼哼地道：「隨你便！」甩了甩手進屋，然後便把大門關上了。

硬衝進去是不行的，一來傅家有保鏢，二來自己也不能傷人，最重要的是，如果傅盈要見他的話，一定會見他；要是她不想見他的話，說什麼都沒有用。

但支持周宣的唯一信念就是，傅盈絕不會不見他！

周宣在大門邊的石階上坐了下來，想定下心來等候，但一顆心無比的絞痛，無論如何都鎮定不下心來。面前過往的行人都用異樣的眼光看著他，他也絲毫不在意，心裏只想著一定要見到傅盈。

大門邊上有幾個攝影鏡頭，周宣知道，如果傅盈在的話，她不會不出來。

天黑了，周宣呆呆地坐著，直到夜深。

九月，紐約的夜裏已經很冷了，不過周宣不覺得冷，就這樣傻傻坐著。

忽然從身邊遞過來一罐咖啡。周宣抬頭瞧了瞧，魏曉晴小臉凍得通紅，手裏卻捏著那罐咖啡伸到他面前：「喝了吧，熱的！」

周宣搖了搖頭，道：「你自己喝吧，我不喝。」盯著魏曉晴又道：「去找個酒店住下吧，別在這兒跟著我了！」

魏曉晴悶悶地不出聲，然後在離周宣有一米遠的距離坐下來，把咖啡放到腳邊上，雙手捧著臉蛋，枕著膝，一雙眼瞧著自己的鞋尖。

周宣見魏曉晴如此固執，便不再理她，兩個人都傻傻地坐在門前的石階上，都不說話。

夜很深了，似乎有霧氣，一陣陣寒意襲來，周宣左手冰氣自然流動，倒是不覺得寒冷，又側頭瞧了瞧魏曉晴。卻見魏曉晴凍得直發抖，頭髮在路燈下可以清楚見到一層細細的晶瑩露珠！

周宣雖然很氣魏曉晴的任性，但換過來想，自己爲了傅盈又何嘗不是如此？魏曉晴一個漂亮的千金小姐能爲了自己吃這個苦，就算自己不喜歡她，但又怎能沒有同情心？

周宣輕輕嘆了一聲，把外套脫下來輕輕披在魏曉晴身上，再把冰氣運起傳到魏曉晴身上，來來回回運轉了幾遍。

魏曉晴這才好多了，身子也不再顫抖，臉蛋枕著手，伏在膝蓋上甜甜睡著。

好不容易等到天亮。以傅家這種財雄勢大的門第，一定會有很多生意上的朋友來往，可是從早上到中午，居然這裏沒有一個人來，大門也沒開過，沒有人進出。

周宣覺得很奇怪，爲什麼傅家沒有人進出？就算沒有外人來，難道他這一家子大大小小十幾口子就都不吃喝了？至少那個大嬸會買菜吧？又想，也許之前買的菜夠幾天吃吧，只是這麼多人都不出門就有點奇怪了，難道是爲了躲自己？

不過，不管怎麼樣，在沒見到傅盈前，自己是絕對不會離開的。

只是周宣自己不吃不喝還沒覺得什麼，但還有個魏曉晴跟著他，一樣沒吃沒喝的，瞧著魏曉晴那略有些失血色的憔悴臉蛋，周宣有些不忍，低聲道：

「曉晴，你是怎麼跟我說的？」

魏曉晴咬著下唇，呆了好一會兒才道：「誰叫你不讓我放心的？你要是又吃又喝的，我自然不會跟著你！」

周宣又氣又無奈，半晌才揮揮手道：「你走開些！」

魏曉晴氣鼓鼓地又走到離周宣有五六米的地方坐下來，瞧也不瞧他。

直到傍晚，周宣還呆呆坐在原地，傅家的大門就沒開過。

魏曉晴見周宣嘴唇都有些乾裂了，實在忍不住，就去買了兩個飯盒、兩瓶水回來，遞了一盒飯給他。周宣搖搖頭，他根本沒半點胃口，哪裡吃得下！

魏曉晴把兩個飯盒放到石階上，然後遞水給周宣，周宣依然不耐煩地直搖手。魏曉晴把水跟飯盒放在一塊兒，坐下來，一雙眼直盯著這些東西，怔了片刻，眼淚撲簌簌滴下來。

一夜的寒冷時光就這麼過去了。周宣雖然不理會魏曉晴，但夜裏還是偷偷用冰氣幫她禦寒，否則她是抵抗不了的。

第二天早上九點多時，那個大嬸終於打開了大門，瞧了瞧周宣，搖了搖頭，嘆嘆氣，什麼也沒說，關好門就走了。只是不久便回來了，還真是去買菜了。但周宣瞧她只提了很少的

菜回來，估計只夠一兩個人的分量，難道傅家真沒有什麼人在？

周宣雖然感覺奇怪，但那大嬸也不給他機會，開門進去後直接又把門關上了。

魏曉晴顫顫地走到周宣身邊說：「我求你了，你吃點東西好不好？就算你不吃，那也喝口水，行嗎？」

周宣等了這一天兩夜，心裏便似要爆炸了一般，只是揪心地念著傅盈，不知到底出了什麼事，對魏曉晴的哀求只裝作不見。

這一天又這麼過去了。晚上，周宣瞧著魏曉晴，又氣又恨，又沒有辦法，她一個女孩子又如何能跟他相比？想了想，走過去到她身邊拿了瓶水遞給她，輕輕說：

「曉晴，你喝點兒水吧！」

魏曉晴神情有些恍惚，怔了怔才瞧清楚是周宣，又倔強地搖了搖頭，說道：

「你吃我就吃，你喝我就喝，要不，我們就一塊兒回去！」

周宣氣得一下子扔了水，想揍人，但魏曉晴蒼白憔悴的樣子又讓他心中焦急，偏偏在這個時候她還要來湊這個亂子！

如果不是周宣身有冰氣，這幾天幾夜的疲累，早支持不住了，魏曉晴沒有異能，本身又是個柔弱的女孩子，又如何支持得住？

天亮了！周宣猶豫著要不要把魏曉晴弄走，吃點東西時，忽然聽到大門有響動，接著，門開了。出來的依然是那個大嬸，周宣猜她可能還是去買菜吧，但那大嬸卻是徑直朝他走過來。

周宣神情頓時緊張起來，趕緊站起身來瞧著她。

那大嬸卻是拿出手機，撥了一個號碼，等到通了後，才遞給周宣。

雖然她沒有說話，但周宣卻忽然意識到，這個電話很有可能就是傅盈的！

周宣手哆嗦了一下，然後才接過手機，放到耳邊後，說道：「喂！」但這一聲卻是啞了，沒有出聲，又趕緊再說了一次，聲音明顯是沙啞了。

電話裏靜了好一陣，然後才是淡淡的聲音道：

「周宣，是我！」

語氣很淡，但周宣卻有如被電擊一樣，這聲音就是傅盈，就是他的盈盈！

「盈盈，你，你怎麼這樣就走了？」周宣說著，喉嚨裏便哽咽起來。

傅盈的聲音僵滯了一下，嘆了口氣才道：「周宣，忘了我吧，我們是不可能的，也許，曉晴更適合你吧，好好對曉晴！」

周宣額頭上青筋暴露，叫道：「我不要，除了你，我誰都不要！」可是話筒裏卻傳來一陣斷線聲，傅盈早掛了電話！

周宣呆了呆，又按著來電撥回去，但對方已關機。

那大嬸從他手裏拿回了手機，然後道：「現在你應該死心了吧？年輕人，回去吧，再待下去也沒用，我們小姐現在根本就不在美國！」

說完，那大嬸就進了大門，然後把門緊緊關上了。

如果說之前周宣有一股子信念支持著，那是因爲他根本不相信傅盈會扔開他，但現在親耳聽到了傅盈的話，一顆心頓時便往無底深淵沉了下去，似乎天也塌了，地也陷了，人活著，卻像死了一樣！

魏曉晴見到周宣忽然變成這個模樣，心裏嚇得魂飛魄散！

前兩天，周宣雖然心痛，卻是不顧一切堅持著，無怨無悔，有那麼一種不達目的決不甘休的勇氣，但就在接完這個電話後，眼神就一下子黯淡下去，沒有光彩，沒有生機！

魏曉晴幾步就跑過去拉著他叫道：「周宣，周宣！」

周宣好一陣子才茫然地道：「你叫我麼，什麼事？」

不用想，魏曉晴也知道，這電話必然是傅盈的，只有在聽到她的聲音後，周宣才會有這種恍如死去的表情！

「周宣，我們回去吧！」魏曉晴眼中的淚水止不住地往下流，哽咽著道：「你別嚇我好不好！」

「好，我不嚇你，你餓不餓？我餓了，我們去吃東西好不好？」周宣微微笑著問她。

「嗯，好好，我也餓死了！」魏曉晴死勁點著頭，但淚水依然止不住，周宣雖然微笑著，但那笑臉卻讓她分外陌生，根本不再是那個她魂牽夢縈的周宣了。

魏曉晴帶著周宣就近找了一間華人餐廳，點了幾個平常的菜。

菜很快就上了，周宣餓極了，大口大口地吃著。魏曉晴雖然也餓，但吃了一點就吃不下了，很是擔心地瞧著周宣。

周宣吃了兩碗飯，又喝了一大碗湯，然後說：「曉晴，咱們回北京！」

魏曉晴一怔，問道：「這麼快？」伸手拿了一張餐巾紙遞給他。

周宣接過胡亂擦了擦嘴，然後道：「這個地方，我一分鐘也不想多待了，我要回北京！」

魏曉晴瞧著周宣決然的表情，心裏又驚又怕，只是點頭，周宣的表情太忽然，轉變太大，讓她心裏一時接受不了。

在候機室整整坐了四個小時才等到紐約到北京的航班起飛。在這之間，周宣再沒有說一句話，眼睛裏空空蕩蕩的。魏曉晴也不知道他在想什麼，也不敢亂問，怕惹他傷心。

在飛機上，周宣一直睡覺，眼也沒睜一下，反倒是魏曉晴不敢睡，瞧得緊緊的，生怕他出什麼事。

飛機到北京時是凌晨兩點。魏曉晴拉著周宣乘了計程車返回宏城花園。一回到家，周宣便直接到房間裏躺下了。

家裏，妹妹、老爸老媽都驚醒了，在廳裏拖著魏曉晴小心詢問著。

魏曉晴猶猶豫豫地把在紐約的事一一說了出來。

金秀梅聽到周宣親自在電話裏問過了傅盈，不由得落淚道：「真是知人知面不知心，我做夢都沒想過媳婦兒會是這麼一個人！」

這次回家後，周宣第一次生病了！

渾渾噩噩地一連躺了三天，一家人擔心得不得了，魏曉晴更是日日夜夜守在床邊服侍。

周瑩跟她媽金秀梅天天流淚憂愁，周宣一直是神志迷迷糊糊的，有時還說胡話，還好沒發高燒，魏曉晴請了醫生到家裏醫治。

魏老爺子、老李、李雷、魏海洪都過來看望。

老爺子嘆息著，都是兒女情長惹的禍，一邊心想著，周宣自己雖然醫術高超，但不能醫治自己的心病，都說心病要心藥來醫，可是，這心藥卻不知到哪裡去抓呀。

李雷卻是有些擔心，要是周宣有什麼三長兩短，那他家老爺子可就沒人醫治了，當然這話是不能說出口的。

老爺子要把周宣弄到軍區醫院去，但魏曉晴不肯，說道：「爺爺，周宣又沒病，醫院也治不了，過兩天心情好了也就自然好了，轉到醫院裏不是讓他更難受了！」

魏海洪也道：「我看也別轉了，我兄弟這不是病，心情好了也就好了！」

魏曉晴嗔道：「小叔，你別老是兄弟兄弟的叫行不行？煩死人了。」

魏海洪一愣，隨即醒悟過來，嘿嘿乾笑了兩聲。侄女曉晴的心思他又不是不知道，包括老爺子都是明白的。

老爺子甚至是比誰都更加熱心這件事情，他最希望周宣跟曉晴能成就這樁姻緣，那周宣就鐵定是魏家人了！

但周宣死心眼的只對傅盈一個人好，那也沒辦法，總不能強求吧，卻沒想到突起變故，傅盈忽然變了心走了，老爺子也就又有了這個想法，魏曉晴自己也是又動了春情！

老爺子安慰了金秀梅一陣子，交代下來，需要什麼就直接說，周宣的事由他來處理。

等老爺子、老李、李雷、魏海洪走後，魏曉晴忙這忙那的，金秀梅瞧在眼裡，心裏一動，當初在老家時，曉晴就跟傅盈鬧情緒，她也不是不知道，只是周宣說了，媳婦是傅盈，那才作罷了，但現在傅盈走了，曉晴也不錯，論相貌，倆人都是一樣的漂亮；論家世，傅盈是大富，曉晴是大貴，一樣沒區別！

而且最關鍵的一點，曉晴對兒子周宣可是一往情深，她對周宣好，金秀梅又不是瞎子，哪有瞧不出來的？

當真是心隨意轉，金秀梅把心思轉到曉晴身上後，就怎麼瞧都覺得曉晴怎麼好。唉，兒子啊，趕緊好起來吧，好好的就又來個兒媳婦！

金秀梅是個臉上藏不住事的人，這樣一想，嘴上就熱情地拉著魏曉晴坐下來，說道：

「曉晴啊，別累著了，瞧你，一個嬌滴滴的人卻到我家來做粗活，我瞧著就心疼啊！」

金秀梅拉著魏曉晴的手，又是摸又是讚的，魏曉晴反倒不好意思起來，說道：

「阿姨，我沒事，我以前一個人在紐約，做些家務事也習慣了，沒什麼，您別把我瞧得那麼嬌貴！」

魏曉晴說著，忽然發覺到金秀梅的表情有些奇怪，想了想忽然就明白了，臉上緋紅一片，又是扭捏又是害羞。

金秀梅瞧魏曉晴這副模樣，倒是喜歡得不得了，握著魏曉晴的手嘆道：

「唉，我兒子要是能有曉晴姑娘這麼漂亮的一個媳婦兒，那該有多好啊！唉，今年結婚，興許明年就能給咱們老周家添個大胖孫子了！」

饒是魏曉晴再喜歡周宣，金秀梅這番話也讓她受不了，把頭垂得更低了，再也不敢瞧金秀梅一眼。

金秀梅雖然是鄉下人，但卻不傻，這幾句試探的話一說，瞧著魏曉晴的動作表情，心裏馬上便知道了，要是兒子願意的話，曉晴這兒可是保準成。再瞧瞧人家家裏，魏海洪、老爺子，好像都有這種意思一樣，那真是天時地利啊，就缺周宣自己一句話了！

金秀梅對這個還有些把握，兒子雖然在外面打了幾年工，但從小對父母孝順，對弟妹又疼愛，要是自己勸勸他，這事還是很有譜的。

再說，自己家是什麼情況，魏家又是什麼情況，大家也知道。曉晴一家人不嫌棄他們周宣，那還有什麼好說的？再說，像魏家的身分，要是周宣娶了曉晴，不說要沾她家什麼光，要她家什麼財產，至少能在北京站得穩穩的，不受人欺負吧？

這一點可是實實在在的好處！

第八十七章

真相大白

周宣雖然有些奇特之處，但傅盈知道，
周宣根本沒有經歷過戰場中血與火的洗禮，
索馬里海盜的兇悍，甚至堪比世界上最厲害的恐怖分子，
周宣一個普通人，傅盈又如何能把他帶入那種凶險的環境中？

晚上，魏曉晴半推半就又住下了。前兩天還好說，大家都沒有明示出這種意思，但今天就不同了，金秀梅擺明了這個態度，處處拿她當兒媳婦看待，魏曉晴還真是臉嫩！

清晨的陽光從窗戶裏透進來，曬到臉上，暖洋洋的，很舒服。周宣醒過來，坐起身來，走到窗邊把窗子打開，清風吹到臉上，有一股樹葉的清香味！

腳底還有些輕飄飄的，這兩天一直是迷迷糊糊的，人清醒過來後，周宣摸了摸胸口，那裏很痛！周宣強迫自己不去想那些不願意想的事，閉了閉眼，甩了甩頭，卻見魏曉晴站在門口，臉上又驚又喜。

周宣皺了皺眉，淡淡道：「古古怪怪的，怎麼了？」

「你，你……」魏曉晴喜悅地問道，「你好了？沒事了？」

「大驚小怪的，我有什麼事！」周宣淡淡又道，「李老走了吧？去你小叔家，我想幫李老瞧瞧！」

魏曉晴搖搖頭道：「不行，等你完全好了再說吧。李爺爺現在挺好的，每天都跟爺爺下棋聊天，沒什麼事。」

但周宣不理她，逕自下樓到大廳裏。老媽金秀梅正跟劉嫂商議著做什麼菜，妹妹出去上課了，老爸和弟弟依舊到店裏上班。

金秀梅忽然看到兒子下樓來，呆了呆才喜道：「兒子，你怎麼下樓了？你好了？」

周宣點點頭，微微笑道：「媽，我好了。你們都不用擔心，我一點事沒有，我出去了，到洪哥家走一趟。」

金秀梅哪裡肯讓他走，想要說什麼時，周宣擺擺手，說：

「媽，你別攔我，我在家悶得慌，我想出去走走。」

魏曉晴很乖巧地說道：「阿姨，這樣吧，我陪周宣過去，您就放心吧，我陪著他去，還會陪著他回來！」

金秀梅想了想，也就答應了，有魏曉晴照看著也不會出什麼事，只要不是他一個人出去那就好。

魏曉晴會開車，也不用出去搭車，到車庫裏開了那輛布加迪威龍，周宣坐在旁邊，出了別墅區的小道，魏曉晴開得很順，說道：「這車真好！」

「你要喜歡的話就給你，反正也是你小叔送的！」周宣淡淡道。

魏曉晴一邊開車，一邊道：「我可不敢要，要是拿了你的車，我小叔還不得罵死我啊。」

開出了宏城廣場，上了環市路，魏曉晴又戴上藍牙耳機，給小叔魏海洪打了個電話。

「小叔，周宣要來瞧瞧李爺爺，你打個電話叫李叔把李爺爺送到你那裏，我跟周宣馬上

過來！」

「什麼，現在？那好，我們馬上就到！」魏曉晴摘下藍牙耳機，笑吟吟地對周宣說道：「正好，李爺爺正在小叔家跟爺爺下棋，真是巧。」

魏曉晴把車開到魏海洪家裏時，老爺子跟老李還有魏海洪三個人，已經在門口的花園邊迎接，幾個警衛各自守在花園邊上。

魏海洪等到魏曉晴停好車，迫不及待地上前一把摟著周宣，狠狠在他背上拍了拍，然後才鬆開瞧了瞧，道：「兄弟，好了就好，好了就好！」

魏曉晴在後邊嘟起嘴不高興了，這個小叔，老是兄弟兄弟地叫，存心跟她過不去！

老爺子和老李也上前瞧了瞧，老爺子拍拍周宣的肩膀，沉聲道：

「男子漢，要拿得起放得下！」

進了客廳裏，魏曉晴轉頭瞧著王嫂說道：「王嫂，周宣還沒吃飯，你做點粥給他喝吧！」

王嫂笑呵呵答應著，在魏家，一家人都沒拿她當下人，而是把她當成自家人一樣看待。

周宣運了運冰氣，身體雖然有些虛，但冰氣還是有七八成。不過老爺子和老李都要周宣先休息，喝過粥後再慢慢來看，不急在這一時。

老李被周宣那次治過後，腦袋雖然有時候還是有些些微的疼痛，但比起以往來，那簡直就不算是痛了，而且又能走能動，胃口也好起來。像他這麼大年紀的人了，心裏也早有準備，便是要走，像現在這個樣子，那也是舒心地走，沒有什麼痛楚，心裏就越發感激起周宣來。

這段時間，老李每天一吃過早飯便要到魏海洪這兒，跟老爺子下棋聊天，兩個老戰友能在一起過這樣的日子，比什麼都要開心。不過，他倆聊得最多的還是周宣。

半個小時後，王嫂的粥煮好了。魏曉晴陪著周宣到餐廳喝粥，她也沒吃早餐，便陪著喝了一小碗。

王嫂的粥確實煮得不錯，周宣一連喝了三碗，體力也似乎增長了不少。

客廳裏，魏海洪又泡了茶。周宣過來後喝了一杯茶，再歇了一陣，微笑著說道：「李老，吃也吃飽了，也休息夠了，我給您瞧瞧吧！」

老李點點頭，道：「小周，我這把年紀了，也沒什麼瞧得開瞧不開的，你能讓我這個老頭子不痛不楚地過完最後的日子，我已經很高興了，你不必太著急這個事！」

老李和老爺子誰都不知道，周宣這次來是有把握給老李的病斷根的。不過，在治好之前，周宣也不想把這個計畫說出來。

「呵呵，李老，沒關係，我再瞧瞧，反正我也閒著！」周宣一邊說著，一邊又請老李上樓到房間裏。

老規矩，周宣是不想讓別人瞧見的。

魏海洪拿了一根針跟上去，周宣擺擺手道：「洪哥，不用了，這次不用針！」

老爺子和魏海洪都是怔了怔，以前給他治療的情景歷歷在目，如果不用針，那又要怎麼治？不用刺血出來麼？

老李到了二樓周宣給他治療過的房間，笑笑著問道：「小周，要我躺著還是怎麼的？」

周宣也笑笑道：「李老，這次你趴著吧，背朝上！」

老李依言趴在床上，背對著房頂。

其實無論什麼姿勢都一樣，要老李趴著，周宣是不想讓他瞧著自己。為了更有把握些，也讓老李覺得沒那麼玄，周宣伸出了左手，輕輕按到老李的後腦上。

這時冰氣隨手而出，探測好老李身體裏那七十七塊彈片的位置，並將每一塊彈片都以冰氣環繞住，尤其是腦子裏的那塊彈片，釋放的冰氣就更加大些。

周宣閉了眼一用勁，冰氣瞬間便將這些彈片轉化為黃金，而幾乎就在轉化的同時，冰氣又將黃金吸了個乾淨，左手腕黃氣閃了閃，隨即又回復原樣。

之後，周宣再用冰氣探測了一下老李身體的狀況，上次已經激發過了，基本上也沒別的問題，現在彈片消除掉了，老李的身體就跟老爺子一個樣，身體機能幾乎是恢復到了二十年前的狀態！

老李這會兒差不多睡著了，身體覺得無比的舒適暢快。他還不知道，他的老毛病從此便真的消失不見了！

周宣縮回了手掌，暗暗再運了運冰氣，這次治療只損耗了一丁點兒，晚上再練練，估計就會恢復到以前的九成狀態。

「李老，您起身試試看。」周宣故意多等了一會兒時間才叫起老李。

老李怔了一下，隨即緩緩起身，坐在床上甩動著雙手，道：「試什麼啊？我沒覺得哪裡不好，都挺好的，就是差點睡著了。」伸了伸手，有些奇怪地道：「我怎麼覺得好像比以前更有勁了，腦子也清醒了很多！」又摸了摸滿頭的白髮，嘀咕著：「我是八十五歲了吧，不是五十五歲吧？」

周宣笑笑道：「李老，其實您老身體裏的彈片，我已經全部化解了！」

老李這一下倒是真的呆了呆，好一會兒才明白周宣這話的意思。明白之後，卻又著實不敢相信，剛剛就這麼一會兒，自己差點就睡著了，沒有疼痛，沒有手術，那彈片就能自動消失？

那可是七十七塊彈片啊！就這麼不手術不動刀就取出來了？老李還真有點沒法相信！

周宣淡淡道：「李老，我知道您不信，這樣，讓您兒子李雷陪您到醫院檢查一下吧，拍

個片子。不過，我也有個要求，那就是，您務必要幫我保守秘密！」

老李下意識地點著頭，雖然心裏面不相信周宣的話，但又希望他說的是真的。無論如何，到醫院檢查後看結果吧。

下了樓，客廳裏只有老爺子、魏海洪、魏曉晴這幾個人，周宣便直說了：

「老爺子、洪哥，李老的病，我這次在雲南突然想出了法子，剛剛就是用了那法子治好了！」

老爺子倒真是怔了怔，半晌才詫道：「真的？真的把彈片取出來了？」

老爺子這樣問著，又仔細瞧著老李的身上頭上，看看他身上有沒有刀口傷口。

周宣卻沒有聽到老爺子的問話，因爲他被電視裏的一則新聞吸引住了！

這是剛剛播報的一條國際新聞：

「四天前，索馬里海盜劫持了美籍華人首富，紐約富商傅氏集團傅猛夫婦。今天早上十點，劫持人質的海盜終於開出十億美金的贖金。目前，傅氏集團方面還沒有做出正式回應，傅氏集團股票當日大跌百分之二十七，市值蒸發了四十億美金。」

剎那間，周宣忽然明白傅盈爲什麼離他而去了！

老爺子說了些什麼，周宣再也沒聽清楚，他心裏湧起了一陣難以形容的激動。盈盈不是真的離開他了，不是不愛他了，更不是什麼移情別戀，而是家族突遇危險，怕牽連他涉入險境！

一想通這件事，周宣便覺得心胸開闊，舒暢，這幾天的心痛也一掃而空了。

周宣一直都是強顏歡笑的樣子，但剛才卻忽然一臉陽光，這個表情，魏曉晴看得清清楚楚的。但奇怪的是，電視上只是播報著天氣預報，周宣這麼高興，難道是因爲天氣好嗎？

老爺子、老李和魏海洪幾個人還在揣摩著周宣剛才說過的話，周宣這時候哪有心情再理會他們，把魏海洪拉到一邊，低聲說道：

「洪哥，我要再去紐約一趟，可能需要一段時間，家裏就請你幫忙照看一下！」

魏海洪怔道：「你不是剛從紐約回來嗎？怎麼又要去了？」

周宣搖了搖頭，嘴裏卻肯定地說道：「洪哥，是我自己的事。你們放心，不會有事。家裏的事就請洪哥幫我照看一下，拜託你啦！」

魏海洪點點頭道：「那好。不過你要注意安全，需要我找人跟你一起去嗎？」

魏海洪對周宣的事從來不拒絕，而且周宣也極少求他，今天求他，那就是真的有事。想來還是爲了傅盈的事吧，瞧了瞧魏曉晴，魏海洪忍不住嘆了口氣。

周宣匆匆地向老爺子和老李告了別，老爺子詫道：「怎麼這麼急？有事就叫老三幫你做了吧，不用急！」

「不用了，老爺子，李老，我得走了！」周宣搖搖頭，走了幾步又回頭道：「李老，您

還是到醫院拍個X光片檢查一下！」

老李茫然地點了點頭，雖然有些不信，但身體卻又是那麼舒服，腦子也清醒得很，心裏一時激動得怦怦亂跳起來。

魏曉晴跟出來，開了車。周宣上了車，急急地道：「趕緊送我回家！」

魏曉晴皺著眉頭，把車開上了路，然後才問道：「你到底怎麼啦？一會兒有事，一會兒沒事，一會兒又有事！」

周宣擺擺手，低頭沉思著，沒有再理會魏曉晴。

魏曉晴氣呼呼開著車，心裏倒是在想著，周宣究竟爲什麼忽然又變了呢？

一回宏城花園別墅，周宣匆匆上樓找了個小箱子，隨便裝了幾件衣服，然後提著箱子下樓。客廳裏，金秀梅和魏曉晴正低聲說著話，聽到周宣下了樓，魏曉晴趕緊住了聲。

金秀梅盯著周宣問道：「你提個箱子又要到哪裡去？」

周宣微笑道：「媽，我到紐約去，給您老人家把兒媳婦接回來！」

這一句話，讓金秀梅和魏曉晴都吃了一驚，尤其是魏曉晴，心裏咚的一跳，當即想起周宣在小叔那兒的表情來，頓時有些明白了，難道是周宣得到傅盈什麼消息了？想到這些，魏曉晴頓時臉色雪也似的白！

「兒子，你沒什麼事吧？」金秀梅顫著聲音問著。本來是想說「媳婦兒」幾個字的，但馬上又想到傅盈已經走了，現在還有魏曉晴站在身邊，「媳婦兒」幾個字便又咽了回去：

「盈盈不是已經說明白了嗎？你剛剛才從紐約回來，怎麼又要去了？」

周宣笑嘻嘻地說：「媽，您放心，這其中是有原因的，盈盈就是您老人家的媳婦，永遠都是！我這就去把她接回來！」

金秀梅見周宣說這話臉上神情欣然，絕不是幾天前那種強顏歡笑的模樣，倒真是有些莫名其妙了！

金秀梅都能看得出來的表情，魏曉晴如何看不出來？一時傻傻怔立著，一顆心便似往無底深淵沉了下去！

周宣揮了揮手，提著箱子就往外走，在門口卻碰到了妹妹周瑩進來。

周瑩當即喜道：「哥，我正找你呢，俊傑哥從雲南押了車隊回來，張大哥把上次你們解石的那個舊廠房租了下來，廠房非常大！」

周宣還有印象，那個解出了祖母綠的舊廠房，廠裏就剩下叔侄倆，馬上道：

「妹妹，那個地方很好，你馬上去跟張老大說，你俊傑哥也回來了，正好把廠房談好價錢買下來，要是談不好先租也可以，等我回來再說。那些運回來的毛料，你記著，一定要鎖

好。讓你二哥過去親自守著，等我回來！記著跟你二哥說清楚，一塊石頭都不能丟，那裏面可是都有寶貝的！」

周瑩從小就最信任周宣這個大哥，現在大哥又慎重跟她這樣說，周瑩便咬著牙點點頭，說道：「好，要不，我去守吧？」

「一個女孩子，守什麼守，叫你二哥去就行了，張老大要看店肯定是去不了，先請兩個保安吧，一起守。最好是熟人，放心些。我走了，等我回來再來安排其他的事！」

周瑩又擔心又奇怪地問道：「哥，你又要去哪裡？」

「辦事！」周宣笑笑擺了擺手，提著行李箱出門去了。

周瑩無奈地搖搖頭，進了客廳，見老媽傻傻呆著，另一邊的魏曉晴卻是淚流滿面，不禁嚇了一跳，趕緊拉著魏曉晴的手問道：

「曉晴姐姐，你怎麼了？」

魏曉晴再也忍不住，抱著周瑩號啕大哭起來。

周宣搭了計程車直趕往北京國際機場，在機場大廳裏買了到紐約的機票。時間是傍晚的，現在下午才一點多鐘，還有整整五個小時。

這一次周宣依然有些心神不定，雖然肯定了傅盈不是真要跟他分手，但心情還是激動得不得了。小心瞧了瞧身邊，確定魏曉晴沒跟來後，這才鬆了一口氣。

周宣明白，魏曉晴雖然任性，但確實對他一往情深，以她的美貌和身分，配自己綽綽有餘，只是自己這一生，已經不可能再對別的女孩子承諾了！

對女孩子，或許傷她一時的心，總比傷一世的心好！

在飛機上，周宣努力想睡一覺，可卻是睡不著，想著以後的行程有危險，便放下了椅子，半躺著練起冰氣來。

到紐約機場時，時間是凌晨三點，周宣乾脆在候機室等到天亮才走。這一次倒是有了準備，周宣記得傅盈家的門牌號碼和唐人街的路牌，找了張紙在上面寫下了英文。

坐上計程車後，周宣把紙遞到司機面前，讓他能看清楚上面的字。

誰知道那司機用中文說道：「你是中國人？」

周宣怔了怔，這才瞧清楚，這個司機四十多歲了，染了一頭金髮，但面容卻是標準的東方人。

「是啊，是啊，我是中國人，司機大哥，你也是？」周宣欣喜地問著。

「對，我是浙江人，來這邊有十年了，雖然是開計程車的，但我也有個規矩！」那司機笑笑道，「看到亞洲人，我都先問清楚，鬼子不拉！」

周宣頓時笑了起來，想起藤本網和伊藤這兩個傢伙，心裏就不痛快，不過這兩個鬼子現

在極有可能在騰衝的派出所或者街頭流浪吧。錢已經被自己給整光了，估計是沒有好日子可過。

「司機大哥，我要去唐人街的這個地方！」

那司機頭也沒回，右手伸起在空中做了個OK的姿勢。

那司機只花了四十分鐘便到了唐人街傅家的房子。在門外，司機瞧了瞧傅家的房子，詫道：

「小老弟，你要去的是這家嗎？這可是唐人街裏最有名的一家人啊！」

周宣隨意點了點頭，付了車錢後下車。

在大門口，周宣瞧了瞧熟悉的地方，幾天前還在這裏苦思冥想，現在又回來了，不過，這次卻是信心滿滿。

深深吸了一口氣後，周宣按了門鈴。

不到一分鐘，來開門的依然是上次那個大嬸。

大嬸皺著眉頭，有些薄怒地慍道：「你怎麼又來了？」

周宣不理她的問話，直接說道：「大嬸，我知道盈盈不在這兒。但老爺子，盈盈的爺爺應該在吧。我找他說幾句話就行！」

那大嫂哼了哼，說道：「你趕緊走吧，上次都跟你說了不要再來，盈盈的爺爺也不會見你！」

周宣瞇著眼，盯著她道：「有些事，你做得了主麼？趕緊給盈盈的爺爺去通知一下，我這次不找盈盈，我是來找他的！」

那大嬸還要說什麼，這時候大門裏卻走出一個保鏢，周宣記得他的樣子，第一次來這裏見傅盈爺爺傅天來的時候，就見過這個保鏢。

保鏢向那大嬸搖搖手，然後向周宣說道：「傅老先生請周先生進去！」

周宣淡淡一笑，跟著那保鏢往裏走。

在上一次跟傅天來見面的客廳裏，周宣見到了傅天來。

幾個月沒見，傅天來的樣子顯得更老了些，一雙眉頭緊緊皺著，看到周宣時，眼神冷了冷。顯然，他對周宣是沒有什麼好感的，畢竟周宣是拐走傅盈的元凶。

場面有些冷，周宣瞧了瞧那保鏢和大嬸，對傅天來說道：

「傅老先生，我有些話，只能對您一個人說！」

傅天來很不耐煩，停了停才道：「有什麼話就在這兒說，說了趕緊走！」

周宣冷冷道：「傅老先生，我知道您很瞧不起我，但爲了盈盈，我不想跟你賭氣。盈盈爲了她父母去了索馬里，她有危險，我要去救她回來！」

傅天來拄著一條紅漆的拐杖，聽到周宣的話，猛地將拐杖頓了頓，喝道：「不知天高地厚，你有什麼本事，敢說這樣的大話？」

不過，傅天來暗地裏對周宣知道傅盈去了索馬里的事也感到吃驚不已，卻道：「我這裏隨便一個保鏢都能輕易打倒你吧！」

周宣淡淡道：「傅老爺子，我千里迢迢兩次來到紐約，就算沒有能力，也是有誠意的，難道您連一分鐘的時間都不肯給我嗎？」

傅天來越發火起，眉毛也豎了起來，冷冷瞧著周宣，卻見周宣毫不畏懼地望著他，禁不住又嘿嘿冷笑了兩聲，隨後對那保鏢和大嬸說：「你們出去！」

等兩個人出去後，傅天來道：「你只有一分鐘，說！」

周宣在那保鏢和大嬸一出客廳門後，早運起了冰氣，不動聲色地把傅天來手中的拐杖默默轉化爲黃金。

傅天來只是瞪著他，根本沒注意到自己手中的拐杖。

「你的時間已經越來越少了，還不說嗎？」驀然發覺手裏一下子空空的，愣了愣，低頭一瞧，才發現自己的拐杖竟然不知不覺消失了！

傅天來太過詫異，卻沒想到這會與周宣有關，遍尋周遭也沒看見拐杖的蹤影，愣了一會兒，才又想起了周宣的事，抬頭向周宣道：「一分鐘過了吧，還有要說的嗎？」

周宣揚著左手，淡淡道：「傅老爺子，您就不覺得，您的拐杖消失得有些奇怪嗎？」

傅天來一呆，不禁問道：「什麼？拐杖？你把我的拐杖弄到哪兒去了？」

周宣在這個時候，也顧不得暴露自己的異能了，在他看來，只要傅天來能認可他，那以後他就是傅天來的親孫女婿，自然不會說出他的秘密了！

於是，他揚起左手，對著廳裏的桌子茶几又道：「老爺子，瞧好這些桌子和茶几！」

傅天來不明所以，聽到周宣這樣說著，也就緊緊盯著面前的桌子茶几，卻見這些家什只閃了一下金光，便突然在他面前生生消失了！

就在傅天來驚愕不已時，周宣淡淡道：「傅老，只要我想，我就能把這客廳裏的任何東西，甚至包括您在內，都可以活生生地從這個世界上消失掉，這個本事，足夠我去搭救盈盈和她父母了吧？」

說老實話，傅天來是不喜歡周宣的。傅家是第一代移民，那是經歷了摸爬滾打的艱難歲月才終於戰勝貧窮和險惡，在美國站穩腳跟的。因此，作爲傅家的掌門，傅天來更希望自己的孫女婿不再是一個普通平民，而是一個門第高貴，學養高深，紳士型的人物，這樣，傅家的門第才有望真正提高。

而按照這個標準，周宣顯然是配不上傅盈的。

這些年來，傅盈的追求者自然不少，也有傅天來和傅盈父母都中意的，但傅盈自己卻都

不滿意。傅天來從小對傅盈就是寵愛有加，她不同意的事，家人從不強求，因此，她的婚事也就一直耽擱下來了。

不過，孫女婿雖然是要傅盈自己滿意，但卻絕不能是周宣這樣的，這是傅家的底限。

但傅盈確實被寵壞了，自從天坑洞回來後，她就死心塌地喜歡上了周宣。傅天來略施手段把周宣趕走之後，誰知傅盈竟然私自逃到國內去尋找周宣，這讓傅天來氣得不行，當即派了人過去明察暗訪。找到周宣老家後，又得知他們全家都搬遷到了北京。

傅天來得知傅盈好好待在北京後，也知道傅盈尚未跟周宣結婚，便通知手下繼續監視。但就在這個時候，意外發生了。傅氏家族旗下的海外貨運路線在索馬里遭到了海盜劫持，而最關鍵的是，傅盈的父母也在這艘貨運輪上。

大概是語言不通，所以海盜一開始並不知道傅猛夫婦的身分，但到後來，同時被劫持的船員便透露了這個秘密，劫持他們的海盜知道撞到大運了，在沉寂了幾天後，終於開出了十億美金的贖金要求。

傅天來情急之下，便讓傅盈的表哥李俊傑赴京把傅盈叫了回來。

傅盈一聽到這個消息，立刻魂飛魄散，她知道，如果周宣知道了這件事的話，死也會跟她在一起的。所以，傅盈當即決定離開北京。雖然留了分手信，但傅盈心裏想著，如果這次能救父母安全回來，她依然會回到周宣身邊。

周宣雖然有些奇特之處，但傅盈知道，周宣根本沒有經歷過戰場中血與火的洗禮，索馬里海盜的兇悍，甚至堪比世界上最厲害的恐怖分子，周宣一個普通人，傅盈又如何能把他帶入那種凶險的環境中？

傅盈跟李俊傑回到紐約後，傅天來希望通過關係，從國際上尋求救援，但通常這種事不是那麼簡單的，各個國家都在角力。

李俊傑和大表哥喬尼請來了二十六名極有戰鬥經驗的退伍特種兵，其中大多數幹過國際雇傭兵，很有經驗。大表哥喬尼是傅氏家族中較有代表性的人物，就由他公開出面與海盜接頭者洽談。

而傅盈和李俊傑則和雇傭兵團隊秘密開赴索馬里，企圖暗中出手，找機會把父母救出來。

不過，傅天來從昨天下午四點就開始慌亂了，因爲與傅盈團隊的通訊聯絡突然中斷了，一直到現在都沒有音訊。傅天來如何不驚？自己的兒子和兒媳婦還沒救出來，卻又搭上了孫女和外孫，這可如何是好？

碰巧周宣這個時候又一頭撞了來，傅天來本來是想給周宣一個教訓的，但周宣剛剛這一手卻是把他震呆了！

周宣剛剛都幹了什麼？雖然不能立刻瞭解周宣的背景，但傅天來卻是極度震驚，周宣再

也不是他印象中的那個普通人了！

不僅僅不普通，而且分明就是一個能量巨大的超人！

第八十八章

即刻救援

索馬里的局勢她當然知道，去那裏簡直就是玩命，
不過在美國，只要你付得起足夠的報酬，就會有人玩這個命！
這個時候，時間比金錢更貴重，多耽誤一分鐘，
傅盈跟她父母就多一分鐘的危險。

愣了好一陣子，傅天來醒悟過來，趕緊問道：「周宣，你究竟在做什麼？」

此時，傅天來臉上已經沒有了開始時的冷嘲熱諷，也沒有了對兒子、孫女的擔心，一心只想著周宣的問題了！

周宣淡淡道：「傅老爺子，我做了什麼，我覺得沒必要說出來，我對您要說的只有一句話，那就是，我會把盈盈和她父母都救回來！」

傅天來的臉上神色變幻，沉吟了好一會兒，猛然道：「好，周宣，你說吧，需要些什麼，我會在最短時間內準備好！」

周宣想了想，說道：「我需要一名翻譯。再有，用什麼方法把我們運送到索馬里海域？」

「這個沒問題。」傅天來想了想，又道：

「現在，索馬里政局極不穩定，我們不能直接進入索馬里國內，因爲目前，我們還不能確定綁架盈盈父母的是哪一個海盜集團。

在索馬里海域，有差不多三十多個海盜集團，其中規模較大的有四個。索馬里是世界上最不發達的國家之一，自然災害嚴重，經濟嚴重困難，連年征戰給人民帶來的是疾病和貧困。目前索馬里至少還有一百一十萬難民，首都摩加迪沙每個月都會增加兩萬名難民。

難民不斷增加，生活沒有著落，糧食價格瘋漲，過度的通貨膨脹和乾旱等自然災害更加劇了國內危機。國內頻繁的暴力活動使聯合國等機構的人道主義努力也無法實施，無法向索馬里運送糧食等生活必需品，運進去的物資無法進行合理分配，還會遭到搶劫。

近來，索馬里安全形勢進一步惡化，針對聯合國工作人員及援助機構人員的襲擊事件頻頻發生，國際援助機構大多已撤離索馬里。難民們缺衣少穿，饑寒交迫，更使暴力活動增加。海盜只是在海上的一種暴力活動，這些活動得到了難民和居民的支持，使海盜活動有了廣泛的群眾基礎。由於得到了老百姓的支持，海盜活動變得更爲頻繁猖獗，很多百姓和難民會不斷加入到海盜組織中！」

聽到這些，周宣皺起了眉頭，有老百姓支持的組織是最難對付的，因爲他們不能被孤立。

傅天來拍拍手掌，那保鏢趕緊進了客廳裏。

這個保鏢當然是知道傅家內情的，在他們眼裏，能配得上傅盈的，絕對是一個非凡的男人，而周宣自然不是這樣的人選。但傅天來不是讓他來將周宣趕走，而是讓他馬上把公司裏的秘書王巍叫過來。

王巍在二十分鐘內便趕到了傅家。她的工作其實是爲傅家人服務，所以接到傅天來的電話後，便在最短的時間裏趕了過來。

在客廳裏，王巍見到了周宣，趕緊向傅天來問道：「總裁，您有什麼指示？」

傅天來沉吟了一下，然後指著周宣說道：「你聽周宣的吩咐，他要求什麼，你就給辦什麼，要在最短時間內準備好，有難度跟我說。」

王巍心裏雖然奇怪，但也不去問爲什麼，而是直接對周宣道：「周先生，請吩咐！」

周宣也不客氣，當即說道：「王小姐，時間緊急，我不多說了。現在，我需要一名懂英語又懂中文的翻譯，再就是兩張飛赴索馬里鄰國的機票。怎麼去索馬里，由你們安排。我還要一名瞭解索馬里海域地形的相關人員做導遊！」

王巍聽完後點了點頭。索馬里的局勢她當然知道，去那裏簡直就是玩命，不過在美國，只要你付得起足夠的報酬，那就會有人玩這個命！

這個時候，時間比金錢更貴重，多耽誤一分鐘，傅盈跟她父母就多一分鐘的危險。

王巍出去辦事之後，傅天來想跟周宣聊聊什麼，周宣卻站起身說道：

「傅老爺子，我想休息一下，能不能給我安排一個房間？」

「當然可以！」傅天來當即叫那大嬸進來，帶周宣到二樓的客房休息。

周宣不大想聽傅天來嘮嘮叨叨地說什麼，冰氣還沒到最佳狀態，必須趕緊把所有時間拿來練習，儘快讓冰氣恢復到最好程度。不用想都估計得到，到了索馬里後，就會遇到他人生中最危險的事情！

如果不能救回傅盈，或許他就要跟她一起魂歸那片海域，即便如此，他也沒有半刻遲疑。如果沒有了盈盈，這個世界再美，也沒有任何意義了。

在房間裏，周宣直接坐到床上開始練習起冰氣來。

客廳中，傅天來喝退了保鏢，獨自一個人。剛剛周宣所做的一切依然讓他無比驚奇，那些茶几桌子，拐杖，到底去了哪裡？

傅天來一直都是那種獨斷專行的人，否則也不會創下這麼龐大的商業王國，而他的眼光也確實看得準，但現在他卻知道，自己看錯了周宣，而且走眼走得特別厲害！

王巍在不到四個小時的時間裏，便給傅天來找來了四個應徵者，傅天來當即叫她把人帶到家中來。然後，傅天來又讓大嬸把周宣請下來，到客廳等候著。

練了幾個小時，周宣的冰氣得到了極大的恢復，精神看起來也好多了，不再有疲勞的樣子。

王巍請來的四個人是三男一女，女的二十四五歲，挺漂亮，表情卻顯得很憂愁。周宣多瞧了她幾眼，倒不是因爲她長得漂亮，而是因爲她跟自己一樣，東方人的模樣。另外三個人都是三十歲左右的外國男子。

王巍介紹道：「周先生，目前爲止，一共有四十多人應徵，其中條件最合適的有四名。我選她翻譯就只有這位高玉貞小姐，她是韓國人，在中國上海留過四年學，中文說得很好。我選她

最主要的一個原因是，高小姐的父親是我們這次遠東貨輪上的一名船員，在被海盜扣押後，高小姐也同樣在爲她的父親奔波。」

難怪高玉貞臉上有很濃的憂愁味道，爲了父親的生命安全，一個女孩子能做到這樣，周宣十分佩服。至少她跟他都是在爲自己的親人而努力，就爲這一點，周宣便決定要這個高玉貞了。

「另外三個人，有兩個是美軍海戰隊的退伍士兵，而且曾經到索馬里海域執行過多次任務，對那一帶的地形很熟；而最後一名是個生意人，曾經到過索馬里，生意失敗，急需資金。」王巍介紹了另外三個人的情況。

那兩個退伍士兵，一個是黑人，一個是白人。黑人叫布魯克林，白人叫湯馬士，兩人臉上都是一副彪悍的樣子。

周宣直接點了布魯克林和湯馬士兩個人，放棄了那名生意人。因爲周宣探測出那名生意人的身體比較弱，恐怕經不起長途勞累，他們這次去是冒險，可不是去遊玩。

另兩個人周宣很滿意，因爲都是海軍出身，有經驗，不會怯場，而且又到過索馬里海域執行過任務，對那裏地形熟悉是周宣最需要的。

高玉貞不知道周宣會不會留下她，一直顯得很緊張，因爲她實在沒有辦法了，父親的安危雖然有傅氏集團公開出面各方奔走營救，但誰都知道，這是一件極爲渺茫的事，所以她需要大筆的現金。

其實來這報名，她並不知道要執行什麼任務，但她在意的是王巍給的報酬——三十萬美金，有了這筆錢，也許就可以救她父親的命！

周宣當然不理會傅家能給這幾個人多高的報酬，他只要人，於是對王巍低聲說道：「王小姐，請留下高小姐、布魯克林和湯馬士這三個人！」

王巍點點頭，當即對那個生意人說了幾句話，客氣地把他請出了傅家。

高玉貞是懂中文的，聽到周宣把她留下了，心裏便興奮起來。只是也更加猶豫了，三十萬美金的報酬，這將是什麼工作？高回報同樣是有高風險的，這個道理誰都知道，而三十萬美金對她來說，恐怕是要十年才能掙得到的一筆天文數字！

等到王巍把那個生意人帶出去後，客廳裏便只剩下周宣、傅天來、布魯克林、湯馬士、高玉貞五個人了。

周宣瞧了瞧幾個人，凝神說道：「高小姐，你方便爲我做翻譯嗎？」

高玉貞當即喜道：「當然可以！」而這普通話也說得很標準。

周宣點點頭，說道：「高小姐，你的普通話說得很好，比我的還標準！」

高玉貞略有些羞澀地笑了笑，道：「我曾經在上海念過四年書，主修過中文。」

周宣又點點頭，然後表情嚴肅了起來，說道：「高小姐，我現在跟你們說一說請你們來

的具體原因，王小姐應該已經出示一部分條件了吧？」

「是的，我知道。」高玉貞回答道，「王小姐說過了，我要做的工作是翻譯，我想，不是在紐約工作吧？」

「當然不是！」周宣淡淡道，「我聽王小姐介紹了，高小姐的父親是傅氏遠洋貨輪上的船員，被海盜劫持了？」

高玉貞臉色一下子黯淡下來，眼眶也紅了，哽咽了一下才道：「周先生，我也跟你直說吧，我來應徵這份工作，就是衝著三十萬的高報酬來的，我很需要這份報酬，我希望能賺到這份錢來贖我的父親！」

周宣盯著高玉貞，嘆了口氣，然後說道：「高小姐，我也跟你直說，我請你來，就是到索馬里解決這件事的，爲防萬一，我需要一個翻譯和熟悉索馬里海域地形的導遊，你考慮一下，再給布魯克林和湯馬士翻譯一下，看看他們倆人的意願！」

高玉貞呆了呆，張圓了嘴，好半天才醒悟過來，問道：「周……周先生，你們真的是要到索馬里？可我們怎麼能救回我父親那些人？」

「怎樣救人質的事，你不用管，你負責的只是翻譯工作。當然，這件事情很特殊，有很大的生命危險，所以請你考慮好。如果不能同意的話，我會叫王巍小姐另外請人！」周宣說到這兒時，王巍也正好回來，坐到邊上。

高玉貞沉吟了一下，然後絕然道：「我去，不過我想確定一下，」猶豫了一下才又問道：「報酬，真的是三十萬美金嗎？」

「不是三十萬！」周宣搖了搖頭，說道：「是六十萬，先預付三十萬美金！」

周宣沒有徵求傅天來的同意，就直接給了高玉貞肯定的答覆。

其實周宣根本就沒想傅天來會怎麼安排，他加這個錢，是他自己給的，三個人一百八十萬美金，折合人民幣也才一千二百多萬元，這個錢，他出得起。再說，爲了傅盈，這些錢又算得了什麼？

當然，傅天來也不會介意。這點錢對傅家來說，也只是九牛一毛。

周宣這樣一說，傅天來毫不猶豫便拿出支票來，當場簽了三張三十萬美金的支票。

高玉貞這一下倒是變得靈活了，不用周宣叫她，便跟布魯克林和湯馬士說了。

這兩個人可不是高玉貞能比的，平時幹的就是刀口上舔血的活兒，而周宣的條件對他們來說，其實也很簡單，只要做導遊的事，救不救人，能不能救出人質，這些事都不要他們管。

這就好說。以他們的經驗，只要把周宣送到他要去的地方後，只管自己脫身就好，回來就可以找傅天來收取另外的酬金。這件事應該不像想像中的那麼危險，索馬里海盜雖然兇悍，但也是有目的、有限制的，只要拿捏準機會，危險性就能減低很多。

以前布魯克林和湯馬士可都幹過營救人質的事，救回人質才能拿到錢，救不回來可就是白幹，周宣的條件可說是最好的一次了，難不成他們另外還請了營救人質的傭兵？他們兩個人只是帶路的？

不過對周宣又另外漲了酬金，布魯克林和湯馬士倒是很高興。至少周宣是他們所遇到的雇主中，最大方最好說話的一個人！

三個人都沒有別的意見，當場同意。傅天來也爽快地把支票付了。

布魯克林和湯馬士只是瞧了一下數字，隨即把支票揣進了衣袋。他們兩個對支票的真實性並不懷疑，像傅家這樣的大家族，絕不會爲了這點錢得罪他們這種殺手級別的人，而且傅家的聲譽一向很好。

高玉貞手卻是有點顫抖，顯得有些激動興奮，三十萬美金啊，而且周宣隨便一張口，便又給他們加了三十萬！

周宣想了想，又說道：「高小姐，你再跟他們兩個說一下，我想問問，我們四個人過去，用什麼路線才能最快到達索馬里海域？」

高玉貞當即向布魯克林和湯馬士翻譯了周宣的話。

布魯克林略一思索，馬上便嘰裏咕嚕地說了起來。高玉貞一邊聽他說，一邊照原話翻譯著：

「索馬里政局形勢不好，也不穩定，不適合直接到索馬里。而且我們這些人到了那裏，會很引人注目。索馬里的海盜，有很多是當地的老百姓，就算不是，也跟本地人有千絲萬縷的關係，所以我們不能直接到索馬里，要去的話，只能先到索馬里的鄰邦，肯雅的首都內羅畢！」

「肯雅一是索馬里的近鄰，二是因爲肯雅的國情穩定，我們的安全有保障。到了內羅畢後，我們可以在當地租一艘快艇，這個只要有錢就好辦。當地人熟悉地形，對海盜的活動情況也比較瞭解，可以讓他們帶我們到亞丁灣西側，在那裏，就可以得到你想要得到的消息了。」

傅天來站起身在客廳裏低頭踱步，過了近兩分鐘才抬起頭對王巍說道：「王巍，你馬上通知凌暉，讓他準備好，再通知集團傅副總裁，讓她以公司的名義跟肯雅內羅畢市聯繫，租借機場，讓我們的飛機借用一塊場地，錢多給一點，好辦事一些！」

周宣怔了怔，本來是預計乘飛機到內羅畢，但沒想到傅天來竟然是安排私人飛機過去，而且是直接跟內羅畢市談交易，怔了怔才明白，自己的想法畢竟跟他們差太遠，像傅天來這種超級億萬富豪，他們的結交果然是廣闊得多。

不到兩個小時，周宣、高玉貞、布魯克林、湯馬士等幾個人所需要的證件都辦好了，保

鏢還準備好一些槍械。

爲了防止洩露消息，在高玉貞、布魯克林和湯馬士答應後，三個人都被要求交出通訊器，如手機之類，然後一起等候。

到凌晨五點鐘的時候，傅天來便讓保鏢叫醒所有人，在傅天來的陪同下，眾人乘了一輛加長的豪華房車，往紐約西區的方向開去。

半小時後便到了目標地點，這裏是一間頂級富豪的飛行俱樂部。

傅天來讓他的私人機師凌暉準備好的飛機就在這裏。凌暉是機長，也是個東方人，三十多歲的樣子。

飛機是一架小型飛機，能乘坐二十多個人，有二十二個座位，每個座位都跟七四七客機上的頭等艙一樣，可以放下來平躺，還有折疊桌，完全是一個小型辦公室的模樣。

傅天來的保鏢往飛機上搬了幾個大箱子，最後上飛機的除了周宣、高玉貞、布魯克林和湯馬士外，傅天來和他的保鏢居然也上了飛機！

難道傅天來也要親自去？

雖然目前周宣跟傅天來因爲救援的事情合作了，但畢竟還沒有救回傅盈和她父母、傅天來一來是憂心如焚，二來又擔心傅家財團面臨崩潰的危險，所以也沒有跟周宣談論什麼。傅天來可是個老鳥，什麼是能說的，什麼是不能說的，他可是分辨得很清楚。

飛機在摩洛哥加了一次油，於第二天中午一點鐘的時候到了肯雅的首都內羅畢。

由於早有聯繫和協議，傅天來的飛機降落點是內羅畢郊區的一個軍用機場。在機場裏，傅天來還給周宣指了指停在機場裏的另一架中型飛機，那是他的專機，可以乘坐一百二十個人。

在內羅畢的一間大酒店裏，傅天來、周宣幾個人與載傅盈他們的飛機師見了面。

飛機師是留在內羅畢等候他們的，但聯繫一斷，他跟傅盈小分隊的聯繫也斷了，從他嘴裏基本得不到更多的資料和消息。

到底是錢的魅力大，傅天來一行人還得到了內羅畢市警察部門派出的三名員警護送。

因爲內羅畢離海洋還有四百五十公里，開車過去需要接近五個小時。三名警員開了兩輛車，一輛警用巡邏車，一輛小型休旅車。巡邏車可以坐八個人，另一輛休旅車由另兩個員警開著，裝了傅天來帶過來的行李。

大約下午六點左右，一行人到了肯雅海岸線邊緣海岸省，由內羅畢的三個員警聯繫了海岸邊一艘可以乘坐七個人的快艇。當然，傅天來的保鏢又支付了一大筆錢。

開遊艇的師傅很有經驗，因爲對索馬里這一帶海域極其熟悉，也比較清楚海盜們的活動範圍，雖然這事危險性很大，但還是抵不過金錢的誘惑力，在傅天來扔出的一萬美金面前，遊艇師傅很痛快便答應爲他們開船。

五個人加上開遊艇的師傅，一共是七個人。布魯克林、湯馬士，還有傅天來的保鏢一起把幾箱行李搬上快艇，然後與送他們過來的三個員警作別。

遊艇師傅將遊艇啓動，慢慢駛離了港口邊。直到十分鐘後，遊艇才加速駛向茫茫大海。

布魯克林三個人打開行李包裹，將裏面的武器取了出來。

半自動步槍比較適合在海上使用，因爲射擊距離比較遠。手槍也有，但只能近距離使用。還有兩支火箭筒，這個東西方便攜帶，殺傷力強，殺傷距離一般可達四百多米，最強的甚至可以達到一千米左右，還有定位系統和潛水設備。

提到潛水，周宣立即想起傅盈來，心裏不禁焦急萬分。不知道傅盈現在到底在什麼地方，有沒有落入海盜手中呢？

在快艇上，由高玉貞做翻譯，布魯克林、湯馬士把索馬里海盜的詳情說了一些。

在索馬里海域，因爲難民激增，海盜人數不斷增加。隨著綁架案屢屢成功，海盜集團因此獲得了大量資金。

得到資金後的海盜也在進行裝備更新，以前是使用繩索、大刀等傳統搶劫工具，而現在則是使用快艇、重型武器和現代化的全球定位系統，甚至衛星通信等高科技手段也在劫持活動中得到了充分的應用，這就使得海盜的活動範圍從索馬里沿岸擴展到數百公里之外的公海。

在索馬里活動的海盜組織大約有二十多個，名氣比較突出的有四個：一是「邦特蘭衛隊」，這是索馬里海域最早從事海盜組織的集團；第二個是「國家海岸志願護衛者」，這個集團規模比較一般，只劫掠沿岸航行的小型船隻；第三個是「梅爾卡」，他們火力較強，使用小型海船作爲作案工具，比較靈活，行動快速；第四個是「索馬里水兵」，這一夥是勢力最強大的海盜集團，手段無所不用其極，活動範圍遠達離海岸線兩百多海浬。

布魯克林首先排除了「國家海岸志願護衛者」和「梅爾卡」，因爲傅氏遠洋貨輪是大型貨輪，船員多達上百名，不是小型的海盜組織能劫持得了的。

所以，劫持貨輪的海盜只可能是「邦特蘭衛隊」和「索馬里水兵」，而且尤以「索馬里水兵」的可能性最大。現在要搞清楚的就是，劫持者究竟出自哪個集團，這樣才能確定攻擊路線。而開出贖金的組織沒有公開宣布自己的名字，這就給周宣他們帶來了第一個難題。

不過，傅猛夫婦被綁架的組織雖然還沒搞清楚，但傅盈他們最後跟傅天來聯繫的地點卻是在亞丁灣的西部。

對於這一帶，布魯克林和湯馬士都在此執行過任務。在這一帶活動的海盜是「索馬里水兵」，也就是索馬里最大的海盜組織。

索馬里的海盜集團都遵守一個不成文的規則，那就是各集團都在各自的勢力範圍內活

動，基本不侵犯其他集團的地盤。

傅盈這次過來，組織了一個多達二十名精英的雇傭兵小組，這可不是一般的海盜組織能對付的，又加上是在「索馬里水兵」的勢力範圍內，所以，初步估計他們是被「索馬里水兵」劫持了。

周宣當即決定往亞丁灣西部去，傅天來也沒意見。遊艇師傅卻有些遲疑，因爲在亞丁灣西部活動的海盜組織是「索馬里水兵」，是勢力最大和設備最先進的海盜組織，所以危險也就最大了。

傅天來沒有勸他，而是又從包裹取了一萬美金扔出來。

那遊艇師傅跟傅天來是語言不通，但對錢卻是認得，當即把錢揣進袋裏，朝著亞丁灣西部海域開去。

在某些關鍵時刻，金錢的說服力顯然比語言更強大，更直接，也更有力。

高玉貞一邊翻譯，一邊卻有些迷茫和害怕，雖然她也極想救出父親，但畢竟只是一個女孩子，而且是從沒有經歷過危險的女孩子。

周宣能理解她的心情。在以前，自己沒有經歷過那些危險的時候，跟她其實沒有什麼不同，而現在，自己老練了，經驗多了，最關鍵的是，自己有冰氣在身，這也是讓他變得自信的一個原因。

布魯克林和湯馬士商議了一下，做出了兩個行動方案：首先到亞丁灣西部搜尋到索馬里海盜的蹤影；二是到西部海域兩百多海浬處的幾個荒島搜索，很可能傅盈的援救分隊會與海盜相遇，火拼後滯留在那些島上。

肯雅是索馬里的鄰邦，海域自然也相鄰，基本上只要出了近海，便進入了索馬里海域。布魯克林和湯馬士以及傅天來的保鏢都把槍械拿出來，子彈上膛。在這裏，隨時都有可能遇到海盜。

索馬里海盜遇到國際海軍艦艇的時候也不少，一直以來，他們都會把劫持的人質放到甲板上當擋箭牌。如果海軍艦艇採取強硬手段的話，他們就會殺害被劫持的人員。爲了保護被劫持人員的生命安全，國際海軍往往都會讓步，這讓索馬里的海盜也越來越囂張。

近年來，由於利益驅使，海盜集團甚至與國際上的一些組織聯手走私毒品，販賣武器和偷渡等交易。

第八十九章
索馬里海盜

「有海盜！」遊艇師傅首先驚呼起來！
遊艇上的幾個人立即都伏下身子，回頭瞧去，
數百米外有兩艘可以乘十多個人的快艇，
快艇附近還有四艘摩托艇，
其中兩艘已經向著他們這艘遊艇一左一右包抄過來。

剛進入亞丁灣海域時，便遇到了一艘小型漁船改裝的海盜集團。遊艇師傅經驗很豐富，離他們的船四五百米時便遠遠轉了航向。那漁船追了一陣，甚至還開了一炮，炮彈就落在兩船之間的海水中，炸起了一片高高的海浪。

周宣還在懷疑對方是不是真海盜時，對方已經開了火。不過，海盜人數雖然比周宣他們多，但他們那艘漁船的速度要慢很多，於是，他們便從漁船上放了一艘雙人快艇下來，這東西速度就快了。

布魯克林提起炮筒，調好座標對準了方向。這一炮轟出，發射得略有偏差，炮彈落在了海船和快艇之間。爆炸炸起了七八米高的浪花，快艇被水浪激得翻倒，兩個海盜落入水中，隨即又被漁船上的海盜救起，沒等布魯克林發射第二炮，這夥海盜便調轉船頭倉皇而逃。

打得過就窮追猛打，打不過就跑，一般情況下，海盜們對獵物都有非常理性的判斷。

這時，傅天來小背包裏的衛星電話突然響了起來，是喬尼的電話！

跟喬尼說了幾句話，傅天來的臉色頓時嚴峻起來。停了半晌後，傅天來才說道：

「綁架我兒子的就是最大的海盜集團，目前已經在跟我外甥喬尼接觸談判。」

周宣咬著牙沉思了一會兒，然後問他：「他們有沒有提起盈盈的事？如果她也落在他們手裏的話，他們應該會提出贖金的事，如果沒提的話，肯定盈盈他們還沒有落入海盜手中！」

傅天來的眉頭皺得很緊，沉吟著說道：

「喬尼經驗很豐富，談判他很在行，當然會旁敲側擊地探測這件事。不過，索馬里水兵的談判代表絲毫沒提及這件事，人質應該只有遠洋輪上的船員和我兒子夫妻倆。本來海盜是不知道我兒子的身分的，但遠洋輪上有幾個船員供了出來，所以海盜把談判的時間拖遲了幾天，因爲他們在商議怎麼來定價！」

這個周宣明白，奇貨可居嘛，傅氏財團第二代掌門人，這個可是要値大價錢的，該要多少贖金可不能輕易定，多了不怕，少了可就不划算了，綁這麼一票可遠比綁幾十次別的普通人質要賺錢多了！

不過也有個好處，就是傅猛夫妻倆個至少暫時是沒有生命危險。他們的情況甚至要比普通船員好得多，如果海盜施壓的話，只會拿普通船員來開刀。

「我也是這麼想！」傅天來皺著眉頭道，「只是盈盈跟我失去聯繫有四天了，如果沒在索馬里水兵手中，那會在哪兒？」

布魯克林要高玉貞給他翻譯一下，想了想，說道：

「傅先生，以前我在亞丁灣以西的海域執行過多次任務，對那一帶比較熟，那一帶也是索馬里水兵的活動範圍，如果她沒有被索馬里水兵劫持，那我估計，您孫女流落到那幾處荒島的可能性非常大！」

傅天來怔了怔，問道：「你怎麼會這麼肯定？難道她就不能在索馬里的海岸線上？再說，又沒有聯繫，你又怎麼肯定他們不會落入其他海盜集團中？」

布魯克林笑笑回答著：「傅先生，傅小姐那二十名雇傭兵中，至少七個是我曾經的戰友，他們的能力可不是普通海盜能對付的。我想，他們的火力裝備應該也不差吧？而且，他們跟您失去聯繫的地方就是亞丁灣西部，這個區域除了索馬里水兵外，其他海盜集團的作案距離都達不到。再說，並沒有海盜集團出面談判要贖金，那就說明，傅小姐這支隊伍極可能是沒落入海盜手中，估計只是在海中與海盜交火後，船隻損壞，通訊設備失落了。」

周宣覺得布魯克林的思路很有道理，如果索馬里這一帶的海盜都是難民和普通人組織起來的，縱然心狠手辣，但卻沒有很強的個人能力，可盈盈的身手，他還是明白得很。

在茫茫大海中亂撞還不如有目地找一個目標，周宣朝傅天來點點頭，說道：

「我覺得布魯克林的話很有道理，現在傅猛夫婦有喬尼在談判，情況比較穩定，我們不如先到亞丁灣西部的荒島找找盈盈他們！」

傅天來想了想，也同意了這個方案。高玉貞用英語翻譯了後，那遊艇師傅也調正了方向。

他們的遊艇速度雖快，但若遇上大批海盜也很麻煩。如果被包圍起來，子彈和炮彈可是要比他們的快艇速度更快的。不過，若能在被海盜注意之前就跑到幾百海浬外，海盜可就鞭長莫及了，畢竟，海盜集團一般是懶得到荒島去打劫的。

剛剛的航行距離只是在海岸線的二三十海浬處，遇上海盜的可能是最大的。頭先遇到的那艘漁船海盜顯然是個不入流的小組織，一見不好便即逃竄。

遊艇師傅開向縱深的方向後，離海岸線是越來越遠。航行兩個小時後，距離海岸線已經有一百五十海浬，海面上是茫茫一片，瞧不到半點陸地的痕跡。

周宣並沒有真正到過深海，以前在沖口是海邊，就算坐船，也沒有離開過海岸二十里的範圍。後來跟傅盈到紐約後，在紐約近海練習過幾次潛水，但離海岸也只有二三十里的距離，不算遠。這一次才是真正進入到茫茫大海了。

幾個人中，只有高玉貞一個人是真正害怕的，遇到海盜交火的那一陣子，她甚至很狼狽地伏在快艇甲板上發顫。

快艇以時速七十多海浬的速度又前行了一個小時。布魯克林用定位儀測量了方位，一直警覺地觀察著四周，從上次遇到漁船海盜過後，倒是再沒有遇到海盜。高玉貞緊張的表情也慢慢鬆弛下來。

湯馬士用望遠鏡觀察著，突然指著前面說道：「前面出現島嶼了！」

幾個人當即精神一振，都坐直了身子，朝著湯馬士指的方向瞧過去，茫茫海岸線上，只

隱隱看到一丁點小黑點，不注意根本看不出來。

這個距離，估計最少還有幾十里。

遊艇師傅把速度放慢了下來，這時候，傅天來又接到了喬尼打過來的電話。喬尼透露，談判對方出示了一個錄影視頻，裏面有傅猛夫妻和一部分船員的影像，人質暫時還是安全，但對方對十億美金的贖金很堅持，這也是索馬里海盜綁架事件以來最高的一次贖金，引起各方面的高度關注，所以雙方都很謹慎。

喬尼依然沒能從對方嘴裏套出有關傅盈這些人的訊息。

傅天來放下衛星電話，又瞧了瞧前邊，島嶼的形狀已經很清晰了，光禿禿的全是岩石，就如同是一塊岩石從海水裏伸出來一般。

遊艇離得越近，岩石的形狀也越來越大，越來越寬闊。

布魯克林介紹道：「這個島是個死島，島的面積約有一千來個平方，島的組成體全部是岩石，沒有動植物能生存。」

遊艇師傅按照布魯克林的要求，沿著島嶼轉了一個圈，湯馬士和周宣等幾個人都用望遠鏡仔細看著這個荒石島，確定上面沒有人後，才又叫遊艇師傅繼續前行。

找到第二個島的時候，已經是半個小時後了。

第二個島是個占地約有數公里的小島，山上的樹木蓊蓊鬱鬱，在島外根本看不清楚裏面有沒有人，他們便圍著島嶼轉了一圈。

這方面，布魯克林和湯馬士的經驗最好，兩個人用望遠鏡觀察了一陣子，從觀察中來看，並沒有人為的痕跡顯露出來，但並不能就此斷定這個島嶼上沒有人，因為傅盈那一批雇傭兵都是挑選的精英退伍兵，他們的能力不同於一般人，隱藏身形那只是小兒科。

布魯克林和湯馬士商議著，要怎麼行動時，忽然聽到一陣突突突的聲音。

遊艇師傅首先驚呼起來！

「有海盜！」

周宣聽不懂他說的話，但瞧他的面色也知道，遊艇上的幾個人立即都伏下身子，回頭瞧去，數百米外有兩艘可以乘十多個人的快艇，快艇附近還有四艘摩托艇，其中兩艘已經向著他們這艘遊艇一左一右包抄過來。

布魯克林當即吩咐遊艇師傅迅速往島嶼邊上靠過去，儘量找方便靠邊的地方，一邊又跟湯馬士抄起半自動步槍，臥倒在遊艇前沿，瞄著靠過來的摩托艇開了一槍。

布魯克林的槍法很準，這一槍便把摩托艇後座上的人打得跌落到海水中。

見到對方有槍枝，而且槍法很準，兩艘摩托艇立即繞了個半彎形，又倒了回去靠向快艇，那個落水的海盜也奮力游向快艇。布魯克林這一槍只把摩托艇上的海盜右臂打穿了，那

海盜在快艇靠近後給拉上了船。

因爲暴露了火力，對方便散了開來，長槍短槍的也開起火來。對方的槍法顯然遠不及布魯克林，但勝在人多，兩艘艇四個摩托艇分散開來包抄，周宣他們就有點吃虧了。槍彈射在附近的海水中「嗤嗤」直響，子彈可是不長眼的。

沒有任何地形可以用來遮掩，布魯克林只能催著遊艇師傅趕緊向島嶼邊靠近，上了島後才有掩體。

照理說，海盜們是很有經驗的，對那種有武器、人又少的小船一般不會碰。海盜們又不傻，他們最喜歡的是武力一恐嚇便立即投降的那種，劫持後便只等船東拿贖金來。但剛剛布魯克林出手便傷了他們一個人，惹起了海盜的兇氣，他們便叫嚷著四下裏圍過來。

湯馬士提著火箭筒瞄了一下，但遊艇師傅這時候慌亂不已，速度開得很快，穩不下來身形，所以也無法瞄準。

好在海盜們也因爲速度過快，加上槍法本來就不精準，射到遊艇上的子彈幾近沒有，周宣幾個人都緊緊伏在甲板上，倒也沒有人受傷。

遊艇師傅斜著往較低的海灘邊開去，正前方是十數米高的岩石，不可能上岸，左邊是一片水沙相連的海灘，卻是上岸的最佳地點。

驀地裏，一發炮彈落在右側五六米的海水中爆炸，海水連同爆炸聲一起鋪天蓋地的壓過來。遊艇一下子傾斜了一大半，高玉貞尖叫一聲。如果不是周宣手快拉住她，她可能一下就掉落入海水中了！

海盜一方竟然先使用起了火箭筒，這個東西可不比槍枝，中一彈便會全部完蛋。好在海盜一方也很忌憚他們，圍攏來的同時，速度也慢了很多，不敢再像一開始那樣毫無顧忌的了。

湯馬士見情況危急，顧不得再要準確度，在起伏的遊艇上，稍稍瞄一下方向，便將火箭彈發射了出去。

結果當然如其所料，炮彈落在了離他瞄準的摩托艇差不多幾米處的海水裏爆炸了。武器就是威懾力，這一炮一響，兩艘快艇和四艘摩托艇又與他們拉遠了二三十米的距離，但還是以包圍的形式慢慢逼緊，並不離開。

周宣的冰氣無法在這麼遠的距離中傷人。子彈如果射來，他也沒辦法自保，唯一的方法就是躲閃。不過，海盜畏懼他們的武器，也給了他們喘氣的機會，遊艇師傅趁這個空檔趕緊把遊艇開向沙灘邊。

距離沙灘還有十多米的距離時便擱淺了，遊艇師傅率先跳下遊艇，在海水中連滾帶爬地往前邊跑。

這兒的海水只有半米深，傅天來和保鏢、布魯克林、湯馬士四個人各自背了一些行李跳

下水，周宣拖了拖高玉貞，這時發覺高玉貞竟然暈過去了！當真是早不暈晚不暈，偏這個時候暈，真是要人命啊！

也不能扔下她，周宣跳到海水中後，便將她拖下船，一把扛在肩頭上跟著往前邊跑。

這時，他們幾個人就成了活靶子，海盜加快了速度圍過來，一邊猛烈地開著槍。

沙灘邊一大片地都是空蕩蕩的，沒有任何掩護體，到沙灘後的小樹林至少還需要跑兩百米才有岩石，在沙灘上，他們只能挨打。

周宣一邊跑，一邊回頭瞄了一眼，海盜們對他們這樣猛烈攻擊，難道不想要人質、不想勒索一票贖金？

似乎海盜們真沒這個想法，周宣回頭瞄那一下時，發覺到海盜們對他們的遊艇沒有開火，忽然明白到，這些海盜只不過是想要他們的遊艇和武器！

布魯克林和湯馬士體力又好，又是訓練有素的士兵，扛著行李跑在了最前邊，最開始下船奔跑的遊艇師傅卻是落在他們後面，跑在中間的是傅天來和他的保鏢，最後面的是周宣。

周宣咬著牙扛著高玉貞拼命奔跑，子彈的聲音「嗖嗖」直響，身邊的沙子給子彈射得騰起。

在沙灘上只跑了一會兒，周宣就感覺到自己的右腿像觸電一樣。一股熱流迅即崩出，一跤摔倒。

高玉貞也跟著一起在地上打了個滾。躺倒在沙灘上時，周宣才清楚瞧見自己的右大腿鮮血迸流。

他中槍了！

海盜的圍攻射擊很猛，周宣受傷倒地後，前面的幾個人也發現了，不過就算近，這時候也沒有人能顧得了他跟高玉貞。

周宣倒地後，仍然拼了力拖著高玉貞往樹林的方向爬動，不過也就在這個時候，兩百米外的樹林子裏忽然有人開火了，雖然看不見人，但火力很猛。

布魯克林和湯馬士一驚，隨即伏倒在原地，沒弄明白前邊樹林子裏是什麼人時，可不敢往前衝。但周宣一下子就分辨出來了，樹林裏的火力都是向海面上的海盜射擊的。海盜們在突然受到襲擊後，有點慌亂，隨即調頭往後面撤開些。

射往周宣這片海灘的火力也就弱了很多，周宣又瞧見樹林裏一個曼妙的身影迅速閃動了一下，一邊拿著半自動步槍射擊，一邊彎著腰朝自己奔過來。

周宣呆了呆，隨即瞪大了眼睛，沒錯，從樹林裏衝出來的人就是傅盈，就是他的盈盈！

周宣頓時只覺得胸口裏熱血賁張，眼眶頓時一熱，大聲叫道：

「盈盈！」

傅天來也瞧見是傅盈了，趕緊招呼保鏢轉身射擊海盜，掩護傅盈。樹林子裏跟著也彎腰衝出十多個人來。

湯馬士在海盜的射擊稍弱了後，當即把火箭筒扛好，調整了射擊點，然後一炮射出。這一炮的準確度很高，把圍攻過來的一艘摩托艇炸了個粉碎。艇上的兩個人自然也是粉身碎骨了，火花過後，落到海水面上的只剩幾塊碎布。

現在敵寡我眾，海盜見到戰鬥力不如對方強，人也不如對方多，勢頭不對，趕緊開足馬力回頭撤了。

海灘頓時安靜下來，傅盈不顧一切地衝向了周宣。周宣只覺得這短短的一百多米似乎極遠極遠，卻是怎麼也爬不過去似的。

傅盈撲到周宣躺倒的地方，跪倒在地，拼命抱著周宣。周宣只覺得躺在了溫溫軟軟的懷中，彷彿做了一場夢。

溫存了好一會兒，傅盈才把周宣的頭捧起來，仔細瞧著他。此刻，傅盈一張臉蛋兒上全是淚水，臉上的表情又是哭又是笑的，頭髮卻有些蓬亂。

周宣伸了手指輕輕揩了揩她臉上的淚水，然後沉了臉說道：

「盈盈，我有危險的時候你非要跟著我，寸步都不離；你有危險的時候就把我撇在一邊，你怎麼能這樣啊？」

傅盈哽咽著道：「對不起，你，你還是受傷了！」

傅盈說著趕緊鬆開手，低著頭檢查起周宣的傷勢。

周宣這一槍剛好打到大腿上。子彈射在了腿骨上，按道理說是傷得不輕，但周宣在剛剛海盜退縮的時候就把子彈轉化了，然後用冰氣吸了個乾淨，又用冰氣迅速療傷。現在，他從外表瞧起來雖然鮮血淋漓的，但實際上，傷勢已經減輕到只剩下外表的那點傷口，裏面的傷勢已經恢復了九成。

傅盈當然不明白，趕緊撕下衣襟來給周宣包裹傷口。

海盜在這個時候已經溜得無影無蹤了，李俊傑和他們的小分隊也都出來跟傅天來見面說話。

高玉貞這時候也醒了過來，瞧著周宣和傅盈在發愣，剛剛最驚險的時候她暈了過去，現在還沒弄清楚是到了哪裡，出了什麼事，面前這個漂亮得令人忌妒的女孩子又是誰？不過，瞧她跟周宣的動作，高玉貞很快便明白過來，她是周宣的戀人。

傅天來從李俊傑的口中才弄清了他們的狀況。

原來，傅盈這支救援分隊在亞丁灣海域遇上了最強大的海盜集團，與索馬里水兵一番激戰過後，他們的船被炸掉了，衛星電話等通訊設備都跌落海中。還好與這個海島離得並不遠，逃到島上後一直堅持了四天，但沒有船隻過路，一直沒有辦法逃出去。

與海盜的激鬥中，死了六個人，加上傅盈和李俊傑，一共還剩十六人。除了武器，其他東西都落在海中了，不過，也因爲有武器，與他們火拼過並吃了大虧的海盜，也不敢在人少的時候到這片海域。

這幾天以來，傅盈跟李俊傑這十六個人可真是吃夠了苦頭，沒有淡水，天又不下雨，這小島上也沒有水源，也沒有吃的，開始兩天還在淺海處抓到幾條魚，但後來連小魚蝦都抓不到了，由於地勢地形和水流的原因，這島嶼附近根本就沒什麼魚。直到今天遇到周宣他們。一開始傅盈他們還以爲是海盜登陸了，因爲他們的快艇和海盜的快艇樣式差不多，所以也不敢輕舉妄動，後來見到遊艇上的人與後面追來的幾艘摩托艇交火，才確定他們不是海盜。

周宣聽到傅盈說幾天沒吃沒喝過，趕緊回身到遊艇上取了食物和飲水包，再奔回來。其他人見到周宣行動迅速，根本就像沒受過傷一般，暗想剛才那一槍可能也就是擦破點皮，否則，再強的體魄也不可能如此若無其事的。

周宣把食物取出來，分發給傅盈和李俊傑，以及那十四名雇傭兵，這一批精英可真是餓壞了，拿過食物便狼吞虎嚥起來。

布魯克林皺著眉頭，像這樣大吃大喝，他們帶來的食物也僅夠這一頓。飲水倒是夠三天左右，但遊艇是不可能乘載這麼多人的，如果現在把食物吃個乾淨，那留下來的人如何堅持到救援隊再來？

布魯克林和湯馬士叫了幾個雇傭兵一起把遊艇拖到海灘邊，然後用纜繩固定起來，晚上留兩個人守夜，上下半夜分人輪值，其餘的人全部退到樹林子裏。

沒見到傅盈的時候，周宣一直想著要怎麼樣怎麼樣，但見了面，卻是連話也說不出來，傅盈拉著他的手，遠遠地在一棵大樹邊坐下來。

依偎了半晌，傅盈才幽幽道：「我就知道，如果你知道我是爲這事走的，你肯定會跟著來，所以我才留了那樣的話，結果你卻還是跑了來！」

「傻瓜！」周宣惱道，「如果你有個三長兩短的，你覺得我還會過得下去麼？」

傅盈不說話，將臉伏在周宣胸口上，淚水只是滴滴答答地往下落。周宣嘆了口氣，這回都不用手接著傅盈的眼淚了，乾脆直接用嘴舔。

傅盈「撲哧」一下笑了出來，轉過頭來自個兒擦著淚水，嘴裏惱道：「越來越無恥了！」話雖然這樣說著，但語氣裏卻聽不到半分真正惱怒的意思。

周宣正了正色，然後說道：「盈盈，你大表哥在索馬里跟海盜的談判正在交易，已經確定你父母是在索馬里水兵這一集團中，但具體地址就不知道了。我一直擔心你們，現在倒是好了，只要設法找到你父母被囚禁的地方，那就好辦了！」

傅盈一聽到她爸媽的情況，頓時憂心如焚，說道：

「我們已經花了重金打探消息，基本上可以肯定，我爸媽並不在索馬里國內的任何一處陸地中。我覺得這一夥海盜一定在某個海島上有秘密據點，而這個據點，除了海盜成員，外人很難知道，被他們綁架的人質都是被蒙了雙眼的，如果有誰瞧見了途徑的地點，當即就會被處死！」

周宣也擔心起來，不過倒不是擔心傅盈爸媽的安全，海盜一方正派代表跟喬尼談判，如果人質失去生命，那就失去了談判的意義。而通常在談判中，人質的親屬會要求海盜不斷證明人質是活著的，周宣擔心的是普通船員的生命，比如高玉貞的父親吧，如果海盜要拿出煞氣來驚嚇船東這一方，逼迫他們儘快籌錢交付贖金，通常是會拿普通船員來殺雞儆猴的。

不過索馬里的海盜倒是都有一個規矩，他們很講信用。只要船東和人質的家屬肯付錢，他們一般不會傷害人質，而且，只要收到了贖金，也會將人質安全釋放。

目前，傅氏旗下貨運公司的遠洋貨輪則棄置在索馬里港口以西四十海浬的位置，喬尼已經命人把貨輪開出索馬里港口，現正停留在肯雅的海港中。

高玉貞這時走過來對周宣道：「周先生，傅老先生請你們過去，說是有事！」

周宣點點頭，起身拉起傅盈，三個人回到大火堆邊上。

傅天來向周宣和傅盈擺擺手，說道：「坐下慢慢說。」

在火堆邊坐下來後，傅天來瞧了瞧周宣，然後說道：「喬尼又來電話，說跟索馬里水兵的談判有很大進展，初步談妥以兩百萬美金贖回遠洋輪上的船員，船長和盈盈的爸媽等六名高級主管除外，交易的時間是明天中午。」

這確實是個好消息，如果要救援的話，人質越多就越難，這是肯定的。而且以傅氏現在面臨的局面，如果僅僅只搭救傅盈的爸媽，那無疑會受到國際上各方面的譴責，傅氏也將面臨崩盤的危險，錢花得再多，都必須要把船員也贖回來。

不過，有關傅猛夫妻的交易並沒有談攏，因爲價錢方面還沒有談好。海盜開出的十億美金要價稍微有所讓步，但依然是高達五千萬。喬尼以現金量太高，一時難以籌集爲由，一邊又拖延時間來打探傅猛等人的具體關押地點，目前，海盜一方基本上是相信了喬尼的誠意。

談判總是需要時間的。記得有一次，海盜綁架了東亞油輪二十多名人質，談判就花了七個月時間，最終他們拿到了一百八十萬美金的贖金。如今，他們的經驗和耐心也多了不少，對於大買賣，他們根本不急於一時。

當然，到目前爲止，劫持的人質被武裝解救的事還沒有發生過，這也讓海盜們在這方面放鬆了警惕。

傅天來又焦慮地道：「如果我們不能在短期內探到關押人質的地點，不能解救出人質的話，那麼，這場災難危及的不僅是盈盈的爸媽，而是我們傅氏集團。這是一個連鎖反應，這

件事就是導火線，只要一燃燒起來，那就會沉重打擊傅氏集團的公眾形象和市值。」

周宣對傅天來最關心的傅家財團的危機絲毫不關心，目前，他最擔心的就是傅盈爸媽的安全，如果她爸媽沒能安全被救出來，那盈盈又如何能快快樂樂地跟他在一起？他們不僅是傅盈的爸媽，還是他周宣的岳父岳母啊！

第九十章

爭名奪利

喬尼這一手，就是要把傅家的掌門人和所有繼承人全都除掉。
傅家的嫡系繼承人就是傅盈和她爸媽這三個人，
把他們一舉除掉，再順便把李俊傑也綁了，
這樣一來，傅家的財產繼承人除了他，
哪裡還有其他的人選？

「傅老，我提議，以我們這個遊艇爲工具，可以先送人回到肯雅，去調集幾艘大一點的船過來，除了運送補給之外，我們還可以再搜索一下其他島嶼，看能不能找到海盜的秘密據點。」

周宣提議的這個方法，其實是所有人腦子裏都有的念頭，但誰都知道，先回去的人肯定要好一些，留在這裏的人沒吃沒喝的，還隨時可能遇到大批海盜過來剿殺。所以，大家都在考慮，誰走，誰留！

而遊艇最多只能載十二個人，如果超載的話，半途遇上海盜，也是致命的。

傅盈原來的小分隊一共還有十六個人，而傅天來這邊來人加上遊艇師傅一共有六個人，總共是二十二人，回去載走十二個人的話，肯定還會留下十個人。

瞧了瞧四周的表情，沒有人願意留下來。

雖然這些人都在幹刀口上舔血的事，但在求生問題上，誰也不想鬆手，賺再多的錢，沒有命花，一樣不行。

周宣想了想，先出聲說道：「傅老，我提個方案吧，傅老、盈盈、俊傑、高小姐以及遊艇師傅先走，還剩下七個名額，大家各自抓鬮，留下的與先走的，各安天命。再說，不管是走還是留，其實都是有危險的，只是大家怎麼看！」

周宣這個方案一提出來，高玉貞做了翻譯，基本上大家都同意，走的幾個固定人員都是他們的雇主，首先保證雇主的安全是應該的，否則後面跟誰拿錢？

周宣一直是不多話的人，但這意見一說出來，大多數人都對他有了好感。瞧得出來，周宣不是一個身手好的人，在死神面前，有幾個人不怕呢？但他還是保持了冷靜和公正心，這很不容易。

傅天來面上不動聲色，但心底裏對周宣的看法確實有了很大改變。起碼在生死關頭，周宣並沒表現出失魂落魄的孬種樣子，而是一直把傅家和盈盈的安危擺在第一位，加上周宣又曾在他面前表露出奇異能力，這些都讓傅天來對周宣升起了希望。

傅盈當即說道：「爺爺，您跟表哥先走，我要跟周宣在一起。」

傅天來這才跟李俊傑對望了一眼，心裏又涼了半截。傅盈的脾氣他可是清楚，說一絕不會有二，除非周宣也走。傅天來心裏琢磨起來，要把周宣弄走其實並不難，因爲他也算是傅家的人，對雇傭兵來說，他還是他們的雇主，要先走也好說。

但周宣確實是想留下來，因爲他是有計劃的。

今天跟海盜火拼後，明天應該就會有大批海盜過來，那樣的話，他就準備投降，由海盜押將他送回據點，這樣，他極有可能會遇到傅盈的父母，只要見到他們的人，那就有機會把他們救出來。有句古話不是說，不入虎穴，焉得虎子！

周宣有這個計畫，是因爲他有冰氣異能，傅天來知道一些，但有些話也是不能明說的。

海灘上，除在海灘邊値崗的倆人外，剩下的都在火堆附近，坐的坐，躺的躺。

周宣堅持不走，那傅盈也鐵了心不走，傅天來沒有一點辦法。剩下的七個名額就變成了八個，決定哪八個人走，大家還在考慮當中。

凌晨一點多，喬尼的電話又過來了。

這次是詢問傅天來這些人的詳細地址，他跟傅天來說，已經聯繫了兩艘遊艇，可以搭乘三十個人，預計在凌晨五點半就會到。傅天來一顆心才算放下，當即決定不抓鬮了，等到喬尼聯繫的船過來後，全部人一起回去，補充裝備後再回來搜索。

傅天來跟大家一說，群情振奮。到凌晨五點十分的時候，値崗的兩個人中就有一個回來報告說，有船來了。傅天來當即帶人過去看。

在海灘邊，天色還黑，根本看不清什麼。夜視鏡等裝備都失落在海中了，只能用肉眼觀察，一百米外，隱隱約約只見到兩個淡白色的船影子。

船慢慢近了的時候，倒是看出有兩艘可以乘載十幾個人的快艇。艇上各有三四個人，當然也只能瞧見黑黑的人影。

傅天來喜道：「是喬尼的人來了！」

一個雇傭兵輕輕叫喊了幾聲，其餘的人都伏下身來，端著槍準備著。

艇上也有人用英語回答了，說是喬尼先生派來的接應人員。能說出喬尼的名字，又在約定的時間裏，應該就是喬尼的人了。

傅天來想著，正要站起身跟來人說話，忽然，身邊的保鏢把他一下按倒在沙子裏，低聲道：「等等，有點不對！」

那保鏢這樣說的時候，四周圍突然槍聲大作，接著，海灘邊湧來一大片人影！中埋伏了！

傅天來、保鏢還有李俊傑幾個人根本就沒抬起身來，接著，強燈光亮了起來，傅天來瞧見自己這邊的十幾個人已經給打死了一大半，四下裏圍過來上百名持槍者。想都想得到，這些人一定是海盜了。

按理說，傅天來的這些雇傭兵都不是普通人，但現在卻都吃了虧。

傅天來跟喬尼的通話中知道，會有兩艘快艇過來接應，剛好這些船來的時間很準，所以就放鬆了警惕。原來，海灘邊已有十五六艘快艇，但都塗成了黑色，所以在夜色中就瞧不見了。

海盜兇狠地用槍托砸倒站在海灘邊上的傅天來、李俊傑和傅天來的四個保鏢等七個人，並且嚴嚴實實地將他們捆綁起來。

在火堆處，就剩下周宣、傅盈、高玉貞還有遊艇師傅。布魯克林和湯馬士這幾個人一聽

到槍響，就迅速提起槍來。但就在提起槍的剎那，大樹後的槍口就噴出了幾束子彈，將他倆打成了蜂窩。

而周宣身上手上沒有武器，因而沒受到這種待遇，但迅即給撲出來的海盜用槍頂著腦袋，另外的遊艇師傅、傅盈和高玉貞都給海盜逮住了。

傅盈沒有反抗，因為她明白，她的一時反抗，不僅沒有意義，而且會加速他們一行人的死亡，所以她不敢動。

其實周宣是最有自衛能力的一個了，只是他身上手上沒有武器，文弱斯文的樣子會給海盜帶來錯覺。如果他要反抗，可以把這十幾個海盜全部轉化為黃金然後吞噬掉，這樣，他們就會從這個世界完全消失，不再留一絲痕跡。但周宣覺得現在不是時候，這批海盜來的時間很巧，似乎是摸準了他們的底細。這讓周宣有心探探他們的真實來路。

這些海盜大多數是索馬里的本地難民，和周宣他們語言不通，嘰嘰咕咕地說著，然後便兇狠地押著周宣和傅盈、高玉貞、遊艇師傅四個人出去。

在海灘邊，明晃晃的燈光下，傅天來、李俊傑以及傅天來的保鏢還有四個雇傭兵，七個人被捆得結結實實的。傅盈一見到這情形，不由得大叫道：「爺爺！」

傅天來瞧見傅盈還活著，臉上的表情稍微放鬆了一點，示意她要鎮定。

周宣這四個人被趕到了那七個人一邊，周宣故意往傅天來身邊湊近了些，然後低聲道：「傅老，忍耐一下，也許很快會有好辦法了。」

傅天來明白他的意思，如果這一夥海盜是索馬里水兵組織的話，那被押回去後就極有可能見到傅盈的爸媽和那幾個人質，那時候才是周宣要動手的時候。

周宣說這話也沒多少顧忌，因爲他知道海盜不懂中文，所以不擔心會有人聽去。

不過，周宣剛剛說完這話，就有一個大約二十歲模樣的青年笑咪咪地站出來，走到他面前。

周宣見他戴著副眼鏡，有種書生氣，只是不明白他盯著自己笑笑是什麼意思，只能沉默著瞧著他。

倆人眼光對視了一下，那年輕人便說道：「你，還想逃嗎？」

周宣頓時愣了一愣！因爲這個年輕人說的是中文，雖然這話說出來明顯能聽得出不是中國人在說話，但卻還算流利。

如果這人真能聽懂中文的話，那還得多加小心。還好，他剛才跟傅天來只是說了一句「再忍耐」的話，聽起來雖然是有想逃，但被綁架的人又哪有不想逃的呢？

周宣當然不知道，這個人是瞧著周宣的表情太鎮定了，以前被綁架的人質沒有一個不怕得要死的，想逃當然誰都會想，但在這種恐怖氣氛中，誰都不敢說出什麼話來，怕一個不好

就會引來殺身之禍。

周宣這時候也稍稍打量了一下這上百個海盜所處的位置，在他身周十五米以內的海盜占了總數的九成，只剩十來個左右的人還在四處搜索。

他們把傅盈請的那些雇傭兵的武器撿拾到一起，正在給一個頭目模樣的海盜看。

這一役，海盜打死了傅盈這邊的十一個雇傭兵，而他們自己一個未傷，著實高興。

那個跟周宣說了一句話的年輕海盜又側頭對身邊的人說了幾句當地話，立即便有兩個持槍的海盜上前來，一個踢了周宣一腳，另一個用槍托狠狠砸在了周宣肚子上。

周宣悶哼一聲，腿和肚子上都是劇痛，頓時單腿跪在了地上。傅盈大驚，奮力竄上前擋在了周宣身前，俏目狠狠盯著這兩個海盜。

周宣其實是能忍受這個疼痛的，他一直拿眼瞄著這幾個海盜，如果他們要對傅盈行兇的話，那他就什麼也不顧了。救不救得了傅盈的爸媽先不管了，無論如何都不能讓傅盈受到傷害。

周宣也考慮過，如果現在動手的話，在十五米以內的海盜他能迅速解決，但這個量頗大，損耗冰氣肯定是很嚴重，他不敢肯定，在這麼劇烈的疼痛中使用冰氣後會不會暈眩過去，如果真的暈過去了，還有十多名海盜沒有解決掉，那就真是危險了！

海盜在慌亂中會因爲害怕和激動而發瘋失控，一旦他們胡亂開槍，周宣就沒辦法了。

現在，那個戴眼鏡的年輕人只是笑了笑，瞧了瞧傅盈，嘖嘖讚道：

「真漂亮！我在中國留學兩年，可真沒瞧見過像你這麼漂亮的女孩子。」

說完又對周宣說道：「瞧你這樣子，不像是吃小白臉這碗飯的人嘛，怎麼會勾搭上了這麼漂亮的女孩子呢？」

周宣不置可否，也沒有再說話，只是緩緩站了起來。

這個年輕海盜沒發話，旁邊的海盜也就沒有再對他出手。

那個年輕海盜其實本身不是幹海盜這一行的，但他的親叔叔是幹這個的，而且在「索馬里水兵」中幹的還是一個中層頭目。這次因爲弄到了華人首富，是筆大生意，所以把他叫過來做翻譯，因爲他懂中文。

這個年輕人名字叫艾拉迪，看起來，他的心智遠遠超過了他的年齡，這或許應了中國的那句古話「窮人家的孩子早當家」吧。

「我知道你姓周，名叫周宣，是傅氏家族第三代唯一的繼承人傅盈小姐喜歡的人吧？」艾拉迪笑笑說著。

雖然艾拉迪的表情很淡然，但他這話就像是一顆炸彈一般，把周宣、傅盈、傅天來、李俊傑這四個人炸得頭暈目眩的！他是怎麼知道傅盈這個名字的？

艾拉迪淡淡道：「傅老爺子，你不知道的事情很多，呵呵，既然我都挑明了說這些話，你們認為自己還能活著回去嗎？」

傅天來怔了片刻，好一會兒才說道：「你們不是有個規矩嗎，只要船東肯付錢，你們就不會傷害人質的嗎？」

傅天來待要再問，那個頭目模樣的海盜就吹響了呼哨。在艾拉迪的吩咐下，一些海盜把那四個雇傭兵押到一艘船上，把周宣、傅天來這七個人押到另一艘船上，其他的海盜各自上了快艇。

這個時候，周宣這些人才瞧清楚，海盜來的船和快艇不下二十艘，大一點的船有兩艘，就是押他們這兩批人的船，其餘的都是乘載六七個人的快艇，最後還有幾個人把周宣他們的遊艇也開走了。

艾拉迪和那個頭目都跟在押著周宣這七個人的船上。在船上，他一直跟那個頭目說著話，又對周宣這幾個人指指點點的，雖然聽不懂他們說的話，但周宣感覺得到艾拉迪對他們的身分是很熟悉的。

在這艘船上，除了艾拉迪跟那個頭目外，還有四名荷槍實彈的海盜。

李俊傑瞧了瞧傅天來，眼裏滿是疑惑和詢問，他突然感覺到，他們此次過來救人，好像根本就是專程來踩陷阱的。

然而，幾個人都被捆得嚴嚴實實的，誰都不准抬頭。在海面上幾乎不辨東南西北，船行了一個小時左右，天才亮。

又差不多半小時後，那個頭目又打了個口哨。周宣雖然沒抬頭瞧，但冰氣卻是全力運起探測著，身周十幾米內的動靜一絲一毫都沒漏過他的眼睛，船速在這個時候慢了下來。

偷偷瞄了一下，前方一百多米處，就是一座島嶼的邊緣，瞧起來是要比他們遇到傅盈的那個島還要大得多。但船到了，不往低灘處上岸，卻到這峭壁邊來幹什麼？

船速越來越慢，最後慢到跟散步走路一般，與峭壁的距離也只有十來米左右了。難不成還要撞岩不成？

周宣這幾個人都這樣想著時，周宣用冰氣探測到岩石右面有條水道，水道進去便是一個山洞，但前後都是峭壁，在遠處看起來就像是一整片懸崖，只有近了才看得出來，如果是在幾百米以外的話，很難瞧見有這麼一個山洞的。

果然，前面的船和快艇略一轉彎，便轉進崖壁擋著的山洞，轉進崖壁後的山洞裏，才是別有洞天。

這個山洞其實就是一個連著外面海水的山洞，洞寬十五六米，高二十來米，挺高大，快艇和小船駛進去一點都不嫌窄。進了洞以後，洞裏倒是更寬大一些。

再前進兩百米左右，洞裏陰暗了下來，這時還聽到突突突的發動機的聲音。船和艇都停

了下來。

艾拉迪這時對周宣他們說道：「幾位，請吧！」

傳天來和李俊傑這才抬起頭打量著，水路在這個時候已經到了盡頭。崖壁邊有幾道繩梯，一些海盜嬉鬧著從繩梯爬了上去，然後又從上面垂了兩個大鐵籠子，籠子底部用木板墊住了，籠子裏可以容納七八個人。

那四個雇傭兵被趕進了一個籠子，周宣這邊七個人被趕進了另一個籠子，然後上面開動機器，滑輪拉動鐵鏈，籠子被拉了上去。

拉上去約有十五六米便到了頂，幾個海盜動手把籠子拉進山洞裏面，然後把他們拉出鐵籠子，押了往洞裏行去。

洞很寬大，有四五米寬，六七米高，每隔七八米還吊了一盞白熾燈，沿路還有些岔道，都裝有電燈，顯然這裏就是海盜的老巢了！

再往裏走了半個小時，到了一個像一扇門般大的洞口處，兩個海盜正守在這兒玩著紙牌，嬉嬉鬧鬧的。

艾拉迪跟他倆說了幾句話，兩個海盜這才站起身來，瞧了瞧周宣這十一個人，然後目光就停留在了傅盈和高玉貞的臉上！

艾拉迪朝著眾人喝道：「進去！」

進去後才發現，這裏是座水牢。地面不是實地，而是在深水上五六米處搭了一個跟橋一般的架子，架子上卻是粗如兒臂的鐵條焊接起來的籠子，從這頭到那頭，就是一條鐵籠子連起的通道，不過籠子之間是隔開的，每一格都有一個鐵欄門，門上上著大鎖。

橋邊上還有兩米寬的地方是通道，海盜把那四個雇傭兵趕到最裏面的一個籠子鎖起來，然後又把高玉貞和傅盈關到一個籠子，周宣、傅天來、李俊傑、傅天來的保鏢和遊艇師傅則關到另一格。

海盜關人的時候，打開了燈，洞裏頓時亮了起來。傅盈看清了另幾格鐵籠子裏面關著的人，忽然顫著聲音問道：「媽媽、爸爸，是，是你們嗎？」

周宣心裏又驚又喜，其實在進這個洞裏的時候，他的冰氣就已經探到鐵籠子裏還關有八個人，七男一女，不過不敢確定是不是傅盈的爸媽。

傅盈叫的人是單獨關在一個格子中的男女，這時他倆顫著身子慢慢走到邊上，仔細瞧著傅盈，那女的立時哽咽著叫道：

「盈盈，盈盈，我是媽媽呀！」

一聽到這個哭聲，周宣便肯定了，這就是傅盈的爸媽，另外幾個人肯定是遠洋輪上面的高級主管。看來，終於來到了海盜關押人質的老巢，真正的秘密據點找到了。

傅天來的老眼也濕潤了起來，低沉地說道：「猛兒！」

李俊傑也難過地叫著：「舅舅、舅媽。」

一家人在這個地方相遇了，各自心裏都是難以言喻的滋味，也不知是相聚的喜悅，還是陷入困境的感慨萬端！

傅盈從鐵籠子的縫隙伸手與她媽媽的手相觸而泣，好一陣子後，傅天來才安慰著說道：「你們都別擔心，喬尼已經跟他們談判了，只要付了贖金，他們就會放人！」

周宣在一邊瞧著外邊冷笑著的艾拉迪，心想，怕是沒那麼簡單吧！

果然，艾拉迪笑瞇瞇地說道：「傅老先生，實在不好意思，讓你們一家人在這裏團圓了。我們也確實是在等贖金，不過，跟你們說實話吧，這個贖金可不是救你們命的，而是要你們命的！」

傅天來愣了愣，問道：「你說什麼？什麼意思？」

這當真是旁觀者清，當局者迷了！

周宣心裏一直覺得有些東西堵在心裏，很不舒服，這時聽到艾拉迪這麼一說，當即恍然大悟，順口就說道：

「喬尼，難道這些都是喬尼設的陷阱？」

傅盈一家人聽到周宣的話頓時都愣了，很久都沒有反應過來。

艾拉迪卻盯著周宣笑著說：「不愧是傅家的女婿啊，沒有一手，又怎麼博得傅氏家族未來女掌門的青睞呢，他這腦袋瓜子轉得挺快的。不過，你們現在已經在這裏了，就算明白過來，又有什麼用呢？」

傅天來似乎還沒有弄明白喬尼到底做了什麼，於是，周宣乾脆向艾拉迪打破沙鍋問到底：「這個陷阱是個連環計吧？把傅老爺子、傅盈和俊傑都調到索馬里來救援，然後把我們一網打盡……這麼說來，劫持傅盈的爸爸媽媽時，你們就合謀了？」

「按道理說呢，」艾拉迪笑笑地說著，「正常情況下，我們是不能透露顧客的一切消息的，不過，喬尼先生倒沒這樣的要求。他知道，只要把你們綁架到這兒來，你們就沒有活著出去的可能了，所以才放心大膽地去做了。你說得對，不僅僅是現在的這幾件事情，所有的事件都是設計好的。其實，遠洋輪我們並不在乎，現在我們只在乎傅猛夫妻這兩個人！」

傅猛呆了呆，忽然說道：「哦，我想起來了，怪不得啊，怪不得啊。」

他長嘆一聲才對傅天來說道：「爸，我們來非洲之角，還是喬尼給我的建議。剛好我們貨輪要走這一邊，喬尼就給我打電話，說事情不急，讓我跟他舅媽坐咱們的貨輪過來，就當旅遊一下，放鬆放鬆。我就聽了他的話，有心跟盈盈媽浪漫一下。」

艾拉迪笑呵呵地又道：「我們的計畫中還包括傅氏的另外兩個繼承人，傅小姐和李先生！」說著，他伸手指了指傅盈和李俊傑。

「跟喬尼先生的合作條件是，他提出任務，讓計畫一步一步實施，而我們就在這邊等你們鑽進陷阱。抓到你們後，喬尼跟我們的合作是十億美金。不過，現在的計畫又得改一改了。」

艾拉迪指著傅天來和周宣，笑呵呵地道：「因爲，現在又多了傅老先生和傅家的女婿周先生了，這個價錢嘛，得讓喬尼再添一點。當然，這還得談判，在沒談好之前，你們還可以多活幾天。呵呵，喬尼希望你們死得快，那他就要把錢給得爽快點！」

傅天來突然無力地坐在地上，嘴裏喃喃地念著什麼，似乎心裏已經接近崩潰。

仔細一想，傅天來就什麼都清楚了。喬尼這一手，就是要把傅家的掌門人和所有繼承人全都除掉啊。

目前，傅家的嫡系繼承人就是傅盈和她爸媽這三個人，把傅盈和她父母一舉除掉，再順便把李俊傑也綁了，這樣一來，傅家的財產繼承人除了他喬尼，哪裡還有其他的人選？

二姑媽，也就是李俊傑的媽媽，年紀大了，又沒什麼能力，小兒子這一死，還有什麼心思來爭家產？如此一來，能把整個傅家繼續支撐起來的，也就只有他喬尼了！

傅天來嘴裏很苦澀，一直以來，他的確最疼傅盈，也確實是準備把傅家財產讓她繼承，但傅盈跟李俊傑一樣，基本無心生意上的事。

只有這個喬尼，從小便露出了生意頭腦。大學畢業後，傅天來讓他接手家族生意一段時間，喬尼敏銳的頭腦和狠辣快速的手腕讓他很欣喜，從而也給了他更多機會。

只是在繼承人上面，傅天來依舊只認傅盈一個人，對喬尼和李俊傑，傅天來只給了很少的股份，讓他們做小股東。

這份遺囑，傅天來早立好了。現在回想起來，喬尼定然是通過特殊手段得知了遺囑的內容，懷恨之下才施出了這個毒手！

俗話說家賊難防啊，親人的背叛也更讓人心痛！

艾拉迪不再說話，退出洞去，又對洞邊玩牌的兩個海盜嘀嘀咕咕說了幾句才走。

傅天來呆了一陣，然後才恨恨地對傅猛說道：「兒子，我對你大姐一家人不薄吧，他們竟然對親人也敢動這個手，回去了，我一定不饒過他們！」

傅猛苦笑道：「爸，現在這個局面您還不清楚嗎？喬尼讓我們踏進這個陷阱，就不準備讓我們活著回去了。」

傅天來冷冷哼了一聲，想了想，這才向周宣招了招手。等周宣過來後，他才對傅猛介紹道：「兒子，我給你介紹一下，這是傅盈的未婚夫，叫周宣！」

傅猛跟他妻子都是一怔，剛剛聽那個艾拉迪說什麼傅家的女婿，一時也沒弄清楚，但現在聽老爺子一介紹，還真有些發愣。之前也聽他說起過，那時候他們夫妻還在歐洲，老爺子

當時的意思很明顯，絕不同意盈盈的這樁婚事，也絕不會把盈盈嫁給這個人。怎麼現在老爺子忽然轉變了心意？難道說是因爲他陪著來送死了，所以給他一個死前的安慰？

在傅家，盈盈雖然說是傅猛夫妻的女兒，但執掌傅家大權的傅天來卻是更疼傅盈，當然，傅盈的終身大事也由傅天來說了算。

從當初的不同意，到現在的隆重介紹，傅猛跟妻子都聽不出傅天來在說假話。

周宣呆了呆，沒想到傅天來竟然真把他認做傅盈的未婚夫了，一愣之後，趕緊恭敬地說道：「伯父、伯母好，我是周宣！」

傅猛瞧著周宣，挺普通的一個年輕人，又轉頭瞧著另一邊的傅盈，卻見女兒羞澀地望著他，低低地說了聲：「爸！」

瞧這個含情脈脈的表情，傅猛便知道女兒確實是喜歡上周宣了。自己的女兒，他哪能不知道她的性格。女兒從小就心高氣傲，上層圈子中那麼多優秀的男人，她就沒有一個瞧得中意的，臨到頭來，卻看中了這麼一個普通人。

不過，傅猛更奇怪的是，自己父親傅天來的決定。平日裏，只要是他決定的事，沒有能轉變回來的，哪怕是錯誤的。但如今，他顯然是認同了周宣，這就令人不得不奇怪了！

第九十一章

趁火打劫

艾拉迪明白，傳天來開出的十五億現金誘惑力雖然大，
但並不是三兩天能做好的事；更現實的還是喬尼，
傳天來的話對他的刺激肯定很大，
這樣能催促他更快把現金籌到進行交易，
而現在，這個效果顯然是達到了！

傅盈媽媽在一邊對女兒小聲問著：「盈盈，他，他真的是你爺爺說的那個人？」

傅盈紅暈上臉，羞澀地低了頭，卻是點了點頭，輕輕「嗯」了一聲。

傅盈的媽媽叫楊潔，也是美籍華人，出身名門，經濟實力上雖然比傅家差了些，但也說得上門當戶對。

一直以來，傅天來最講究的就是門當戶對，而今天，他竟然親口宣告，這個農村家庭的青年人就是傅盈未來的丈夫，是他們傅氏家族未來最舉足輕重的人物，這當然讓傅猛難以理解。

或許是周宣的捨生赴死感動了老爺子？畢竟，一個普通人敢踏入這樣的險境，只是爲了營救自己的女朋友，這樣的事，怕是很多人做不到吧？從這一點來看，這個周宣對盈盈的感情倒是真的，而被關到這個地方，也沒見到他有半分的沮喪和後悔，這就更令人刮目相看了。

瞧瞧那六個貨輪高級主管，各個都已經崩潰了。不過也難怪，現在這年頭，越是有身價有身分的人，便越是怕死怕得很嚴重。

周宣想用冰氣測一下洞外面那兩個海盜的情況，但距離超過了十五米，什麼都沒探測到，附近倒是沒有其他人，除了關在這裏的人質。

這裏是個秘密據點，是「索馬里水兵」最隱秘的地方，除了最關鍵的人質，他們一般不會押人質到這個地方來關押。

這次的人質太重要，對他們來說，是有史以來最大的一筆生意，而且很好做，只要談判收到錢後，他們直接把人殺了就行了。

當然，事成之後，喬尼那邊給外界的理由就是，傅氏家族籌集贖金不力，導致海盜一方殺害人質。這對「索馬里水兵」一方顯然是不利的，但因爲交易金額太大，什麼江湖影響都顯得沒有那麼重要了。

看著眼前被關在籠子裏的十幾個人，傅猛感到了絕望。那些特種兵給關在這粗鐵籠中也是無計可施，手無寸鐵，想越獄根本不可能。

傅天來臉色還好看一些，雖然還在因爲喬尼這件事而生氣憤怒，但他對周宣的能力卻是滿懷寄望的，畢竟，周宣在紐約唐人街給他的震撼可是不得了！

傅天來心裏還在想著，自己的大女兒，也就是喬尼的媽媽，不知有沒有參與到這件事情當中？她可是他的親生女兒啊，爭財產，害弟弟也就罷了，但她竟然還要害他這個親生父親，這讓傅天來無論如何接受不了。

周宣瞧了瞧那些雇傭兵萎靡的樣子，他們四個總算比那六個貨輪高級主管要好，那六個高級主管簡直就是癱瘓了。

傅天來湊到周宣身邊，低聲悄悄問道：「周宣，能不能出得了這個鐵籠子？」

周宣淡淡道：「這個鐵籠子只是小問題，您是不是需要再等等，有更多證據後再出去？這會不會是海盜的奸計？若果真如此，您沒有證據，回去後拿喬尼有什麼辦法呢？」

傅天來哼了哼，想了想才說：「這事應該是真的，海盜可犯不著來騙我們，編這些謊話吧？這事仔細想一想，還真是絲絲入扣，怎麼會假得了？」

說到這裏，傅天來恨恨地跺了跺腳。

周宣點了點頭，輕聲問道：「要出去，現在就動手麼？」

傅天來立時沉吟起來，還沒有準備好就動手，那危險度還是很高的。畢竟外面不知道還有多少海盜，就算能出這個鐵籠子，但赤手空拳跟持槍的海盜對抗，勝算還是不大。

正想著時，周宣忽然低聲道：「有人來了！」

傅天來一怔，趕緊回身瞧著洞口處。兩三秒後，有人開了燈。開始那個會說中文的艾拉迪走了過來，他身後還有四個端著半自動步槍的海盜。

在海上，用手槍和衝鋒槍的很少，因爲子彈打不遠，殺傷力不強，在陸地上近戰肉搏時還行，但在海上，船與船之間通常有幾百米以上的距離，這種距離，只有半自動步槍才管用。半自動步槍一是性能好，二是射擊距離很遠，通常能達到八百米以上，所以絕大多數海盜都是使用半自動步槍。

艾拉迪走到傅天來這一格，望著他笑了笑，然後說道：「傅老爺子，第一筆生意成交了，兩百萬美金收到，八十多名船員我們也釋放了。呵呵，現在就等他的第二筆現金了。」

第一筆現金當然只是喬尼做的表面工作，這是在國際上保住傅氏的形象。海盜把傅氏一家全部殺掉後，傅氏財團就是喬尼一個人的了，這時穩住傅氏的聲譽，顯然有助於他今後獲得更多投資者的青睞和支持。

傅天來狠狠啐了一口，喬尼雖然狠毒，但這些想法和計畫確實周密。

傅天來瞧著艾拉迪的表情，有些不解，又見到他手中拿著的竟然是自己的衛星電話，心裏便是一陣狂跳！

周宣瞧著艾拉迪，淡淡地說道：「你現在來這兒，不是專門給我們彙報談判結果的吧？你是想讓傅老跟喬尼通電話嗎？」

艾拉迪一怔，隨即揚了揚大拇指，讚道：「周先生，我很佩服你，你可真會猜，我告訴你吧，確實是這樣的。」

艾拉迪說著，便把衛星電話遞給傅天來，說著：「跟喬尼說說。」

艾拉迪雖然跟傅天來說著話，但眼睛卻是瞧著周宣的，周宣的話讓他心裏有些吃驚，這讓他覺得，這個周宣有些莫測高深。

確實如此，喬尼跟談判一方交付了兩百萬贖金，艾拉迪這一方也釋放了船員人質，但對於喬尼要求處死傅家人的要求卻不加理會，因爲他們要求喬尼支付完現金後才動手。

喬尼當然也不放心，提出先支付一億現金，理由是款項太大，這筆錢又不能公開交付給他們，只能掩人耳目偷偷給。

的確，要籌集這麼大一筆現金用來殺人，卻又不讓任何人知道，那真是一件極難的事情。

艾拉迪這一方的頭目當然不會跟喬尼妥協，殺人質絕對是要收到錢後才能動手，否則他們可就虧了，畢竟，他們還要擔負違約撕票的罪名，即使身爲海盜，這種不守規矩的事情他們也是不願意輕易去做的。因爲這將會引起國際社會的強烈譴責，由此引發的後續制裁，他們也無法預測。

艾拉迪就跟海盜頭目獻了計，現在不如讓傅天來跟喬尼通個電話，傅天來對喬尼的壓力之大，那是可想而知的，如果傅天來能夠活著回去的話，那對於喬尼無疑就是滅頂之災。現在讓傅天來給喬尼通電話，目的就是壓迫喬尼，讓他儘快把錢籌集到，交付給他們。

這個壓迫手段讓海盜頭目很欣賞，當即應允讓艾拉迪實施。

傅天來也明白艾拉迪這些人的意圖，他們只不過是想借著自己來對喬尼施壓，讓他更快交付現金。要在以往，死就死了，肯定不讓對手有可乘之機，但現在卻不同了，因爲有周宣在，還有逃出去的可能。

傅天來便想，跟喬尼通通電話也好，一來可以迷惑這些海盜，二來可以更加確認喬尼設計圈套的事實！

傅天來拿著衛星電話沉吟了一陣，想好了要跟喬尼說的話後，才接通了。

喬尼與他互通的是衛星電話，這些衛星線路可是向軍方高層購買來的，花了天文數字。對世界上這些億萬富翁來說，這些線路即使再昂貴也要準備好，因爲這些都是救命的東西。

電話通了。

喬尼的聲音雖然有些發顫，但卻還鎮定：

「外公，您現在怎麼樣了？」

「我還能怎麼樣？」傅天來淡淡地說道，「我們全部給海盜抓了，二十多個雇傭兵只剩下了四個，他們的人現在拿了我的衛星電話，讓我給你打電話，你說怎麼樣了？」

喬尼聽到他們確實是被海盜捉了，鬆了一口氣。

傅天來哼了哼，對艾拉迪說道：「他們不是要求支付十億美金嗎，只要你們放我們走，我可以給你們十五億美金，現金！」

艾拉迪哈哈一笑，說道：「是嗎，這個價錢很誘人啊！」

喬尼聽到傅天來在電話裏這麼說，頓時慌了，說道：「外公，快把電話給他們，我要跟他們談！」

傅天來冷冷道：「喬尼，你還要談什麼？再加點錢，讓他們快點把我殺了？」

喬尼一怔，過了半晌才道：「外公，如果你們知道了，那我也沒有什麼好說的！」

「喬尼，就憑我留給你的那些股份，足夠你一輩子錦衣玉食，你爲什麼還想著要吞掉全部傅氏？還要把你的親表妹、表弟，舅舅、舅媽，甚至是親外公都殺掉？」傅天來極是心痛地責問喬尼：「你怎麼能對我們下這個狠手？」

喬尼過了半晌才回答道：「外公，你從小就跟我說過一句話，我記得很清楚，你說，做一個成功的人就要心狠手辣，這句話，我一直記在心裏，也一直在這樣做！」

傅天來怔了半晌，長嘆了一口氣，才說：「我只想再問一句，你媽知道這件事嗎？」顯然，傅天來極不願意相信自己的大女兒也會害自己！

喬尼似乎是想打擊打擊傅天來，慢慢地說道：「外公，我媽呢，是有點婦人之仁，但她也覺得你太偏心了，都是你的兒女，爲什麼舅舅就能繼承絕大部分股份，而我們只能得到那麼少？若說你重男輕女，那表妹爲什麼又可以繼承全部的傅氏家族財產？」

喬尼說到這兒，語氣有些激動，說道：「你不覺得自己太偏心了嗎?!」

這一句話將傅天來打擊得心痛不已！

傳天來縱橫商場數十年，什麼場面沒經歷過？可就是沒經歷過親人的背叛。喬尼的話無疑說明，大女兒清楚知道這件事情！

傳天來撫著胸口鎮定了一下，然後把衛星電話放到嘴邊，對著艾拉迪再次重複道：「他出十億，我就出十五億，我給你們現金！」

艾拉迪哈哈一笑，拿過衛星電話對喬尼笑道：

「喬尼先生，聽到你外公說的話沒有？」

喬尼當然聽到了。他剛剛跟傳天來脣舌交鋒，因爲打擊傳天來而心裏痛快了一陣，但隨即卻聽到傳天來對艾拉迪說出了「十五億美金」的條件，心裏一下就慌了起來！

這一夥是海盜，可不是什麼正經人士，他們要的只是錢，如果對傳天來開出的價錢動心的話，如果再跟他合作，如果讓傳天來活著回去，那他這一輩子就算完了！

喬尼慌亂地說道：「艾拉迪先生，別，別……我想我們應該儘快重新商議一下，你有時間嗎？就今天下午兩點！」

艾拉迪的目的已經達到，笑呵呵地說道：「好，我準時到！」說著掛斷了電話，然後笑瞇瞇盯著傳天來。

艾拉迪這一群海盜不是不貪心，但他們明白，傳天來開出的十五億現金誘惑力雖然大，但籌集起來會有更多麻煩，並不是三兩天能做好的事；更現實的還是喬尼這一頭，傳天來的話對他的刺激肯定很大，這樣能催促他更快把現金籌到進行交易，而現在，這個效果顯然是達到了！

周宣緩緩走到傅天來前邊，用極低的聲音對艾拉迪說道：「我想問你一下，你有沒有覺得自己的心臟已經不跳動了？」

艾拉迪一怔，隨即覺得心裏一沉，似乎心臟沉甸甸地壓得胸腔極爲難受，他想伸手抓著鐵欄柵，身體卻是動不了半分，然後就圓睜著眼直倒在地上！

他身後的四名持槍海盜也是一怔，還沒反應過來，也跟著受到同樣待遇，統統直直倒下來！

周宣只是把他們五個人的心臟轉化成黃金，雖然只是一小部分，卻是身體最關鍵的位置，心臟變成黃金後，斷截了血液的輸入，人自然倒斃而亡。

這五個海盜就在鐵籠子裏的人注視之下倒斃，除了周宣和傅天來之外，再沒有人知道發生了什麼事。

周宣伸手到鐵籠子邊，將大鐵鎖握在手中。冰氣把鎖頭的一小部分轉化爲黃金，然後就迅速吞噬掉，旋即扭開鎖頭推開鐵門出去，然後又一一把其他幾個籠子用同一手法打開！

就在眾人的呆怔之中，周宣把傅盈拉了出來，然後又恭敬地把傅猛夫婦請了出來。

那四名雇傭兵和傅天來的保鏢只是呆滯了一下，隨即省悟過來，趕緊竄出籠子把四名海盜的槍撿起來。

周宣又向他們幾個指了指洞口處，比劃了一下，示意洞口處有兩個海盜。

他們當然明白，不用周宣再吩咐，迅速而毫無聲響地閃出，那兩名海盜還在玩著紙牌，因爲從來沒有人能逃出那些大鐵籠子，所以他們也從來沒有擔心過。所以，當幾名雇傭兵悄悄從背後竄出，扭斷他們的脖子時，他們甚至都沒有反應。他們顯然到死都沒明白自己是怎麼死的。

傅天來向周宣微微示意，把其餘的人清點了一下。眾人還都能走動，只有那六名高級主管和高玉貞步履蹣跚。

傅盈的媽媽楊潔身體也有些虛弱，傅盈和她爸爸傅猛一起扶著她往外走。那六名貨輪主管這時候就算拼了命也要跟上啊，誰想再留在這個恐怖的地方。

傅天來的保鏢倒是不忘回頭在那幾道大鐵鎖上瞧了瞧，無一例外，全都是鎖口上那一點斷掉了，一見之下，心裏不禁赧然！

在紐約唐人街的時候，他還想跟周宣動手，當時他以爲這個人只不過是普通人。現在來看，周宣的武力比他強了不知道有多少。那些雇傭兵也是強悍到了極點的人物，可就沒有一個能活生生把這個大鐵鎖扭斷吧？至少他還沒有見到任何人能有這份手力！

重新認識周宣後，那保鏢瞧了瞧周宣的背影，檢查了一下艾拉迪和那四名海盜的死狀，呼吸是早就停止了，但從頭到尾都沒有任何傷口！

那保鏢瞇著眼盯著周宣，心裏更是驚嚇莫名！

他可是個練家子，在唐人街也是有數的好手之一，否則也不可能做傅天來的保鏢，但他自認爲絕不可能達到周宣這種級別。難道周宣真有傳說中那種傷人於無形的內家功力？

從剛才的情形來看，周宣沒有跟艾拉迪和那四名海盜有任何接觸，在他們之間，最近的是艾拉迪。當時與周宣也有一米多的距離，而那四名海盜則更遠些，最後的那一名甚至超過了五米，在這麼遠的距離中，周宣是如何做到同時將五個人不動聲色地幹掉，並且連傷口傷痕都找不到半點？

解決了外面洞口處的兩名海盜後，其中一名雇傭兵進來把槍扔給傅天來和他的保鏢，他們可是看得出來，剩下的人中，懂槍枝的除了傅天來跟他的保鏢外，就再沒別的人了。尤其是讓他們感覺神秘的周宣，好像並不喜歡用槍。剛剛在出了鐵籠時，他就沒有在第一時間去拾槍。

傅天來一行人是十一個，再加上傅猛夫妻和六名貨輪高管，一共是十九人，三名雇傭兵在前面開路，最後是傅天來的保鏢和一名雇傭兵斷尾。

周宣陪著傅盈和她爸媽，但冰氣卻是全力運出探到了最前面。這個時候，他可不能有半點疏忽，他所承擔的不僅僅是自己的生命，而且是盈盈和她一家人的命運！

周宣從得到黃金般的冰氣異能後，一直謹守著最後那一絲防線，那就是，無論如何不殺人，即使在面對最厭惡的伊藤近二時，他都沒有動殺心，但就在剛才，他終於踏過這條底線！

一舉而殺掉了五個人，周宣心裏卻是冷冰冰的，沒有半分激動，也沒有半分害怕。他心裏很明白，如果面對面再碰上海盜，他會見多少殺多少！

周宣沒有時間去想自己爲什麼變得這麼冷酷，他的心裏完全被傅盈塡滿了。現在，他只有一種想法，那就是，如果有誰要傷害到傅盈，那他將會大開殺戒，遇神殺神，遇鬼誅鬼，不分正邪，不分好壞，他只要傅盈好好的！

再往前走了兩百米長的山洞後，前邊傳來了大聲的嬉鬧之聲。

所有人都停下了步子，心裏頭惴惴不已，最前邊的幾名雇傭兵偷偷看到，前頭是一個極寬敞，跟個大廳一般的大洞，至少有五百平米以上，也還平坦，燈光明亮，起碼有一百來個海盜在這裏，有的賭博，有的看錄影帶，有的在擦槍。

探頭觀察的兩名雇傭兵暗暗心驚，縮回頭來。這一百多個海盜各個有槍在身，硬闖，那是不可能闖得出去的，他們一共只有六支槍，而對方至少有一百多支槍，而且不知道外邊還

有多少海盜。

整個山洞沒有岔洞，只有一條獨路，不經過這裏是無法出去的。

十九個人退回轉彎處協商，不過都是面有懼色，沒有哪個有把握能衝得出去，畢竟對方太多人了！

周宣其實也在暗暗估計著，如果這個洞不太寬敞，只橫豎十五米以內，對方人數再多他也不怕，但這個洞太寬大，超過了他冰氣使用的範圍，如果不能在一剎那間解決掉所有人，哪怕只漏掉幾個，而這幾個人一開槍，那他們就全完蛋了！

有膽量的就是那僅剩餘的四名雇傭兵和傅天來同他的保鏢，但他們都很清楚，他們最擅長的是暗殺和穿越障礙，雙拳難敵四手，好漢敵不住人多，在這麼多海盜面前，他們有點難以支架。

高玉貞和楊潔更是嚇得面如土色。另外，那六名高級主管和遊艇師傅更是害怕，嘴裏喃喃念個不停。

傅天來瞧著周宣，低聲問道：

「周宣，有把握沒有？」

周宣考慮了一下，然後說道：

「沒有把握，但也不得不搏這一把。對方雖然人多，對我們有很大威脅，但也有好處，就是人多有顧忌，到處都是他們的人反而不好開槍！」

周宣又瞧了瞧距離和人群，估計了一下自己能達到的範圍，然後回身對傅天來說道：

「我們有六支槍，你們六個人把左邊最邊上和右面最邊上的十一個人處理掉，中間部位的人留給我來處理，有問題沒有？」

那四個雇傭兵起先沒明白周宣說的話，高玉貞因爲害怕而說不出話來，只好由傅盈做了翻譯。

那四名雇傭兵明白了周宣的意思，但都很疑惑，中間一條聚集的人數最多，起碼有一百個人以上，他一個人如何能在極短時間裏把這麼多人幹掉？而且他手中沒有任何武器！

按照周宣說的，他們六個人只負責左面最邊上的四個和右面最邊上的七個一共十一個海盜，他們六個人平均每人對付兩個，這是絕對沒有問題的。

周宣吩咐完眾人，獨自深深吸了幾口氣，運轉了一下冰氣。此刻，冰氣感覺很好，沒有太大的損耗。

不過傅盈很擔心他，這麼獨自闖出去面對過百的海盜，這個危險不用想便知。

另一邊，李俊傑輕輕拍了拍周宣的肩膀，雖然沒有說話，但周宣明白他的意思。在紐約認識了李俊傑後，周宣就覺得他是個很不錯的人，有擔當，有魄力，也講義氣，比他大表哥喬尼要好上千百倍了！

周宣現在最怕的，就是傅盈倔著性子跟他一起出去，要是分了心，他就不敢保證能把那些海盜解決掉，想了想，他拉過傅盈，悄悄在她耳邊說道：

「盈盈，你千萬別搗亂，我有把握，但如果你跟著我，我反而會分心，你明白嗎？」

傅盈聽了周宣的話，還是疑疑惑惑的，要是早知道周宣有那麼強的能力，那自己倒是應該帶他一起來。剛剛周宣在鐵籠子扭鎖越獄，以及隔空不動聲色地殺掉艾拉迪和四名海盜，這都讓傅盈有些看不透周宣了！

周宣怕另起事端，身處險境中哪裡容得再浪費時間，便把傅盈輕輕推到李俊傑身邊，說道：「俊傑大哥，麻煩你千萬把盈盈看住，別讓她跟我進去，我們處理好後你們再出來！」

李俊傑瞧著周宣的表情很嚴肅，不敢怠慢，趕緊站到傅盈身前擋住了她。傅盈雖然身手了得，但李俊傑可也是跟她一起練大的，身手不比她差，要想越過他這一關可並不容易。

周宣定了定神，又瞧著傅天來也向他點了點頭，他們幾個人早分好了任務，兩名雇傭兵負責左邊四個海盜，另兩名和傅天來的保鏢負責右邊的六名，而傅天來負責一個海盜。

周宣彎了腰，把冰氣運起來。人未出冰氣先到，在十五米範圍內，冰氣已經鎖定了中間的四十名海盜，而超過十五米的範圍外，還有六七十名海盜。

周宣需要在他們還沒有反應過來的情況下，以極快的速度把這些海盜同時解決掉，然後再衝到另一端，把剩下的海盜也解決掉，而這個時間，必須在十秒以內！

周宣在準備衝出去的時候，冰氣發動，將範圍內的四十多個海盜腦子裏拳頭般大的腦髓瞬間轉化為黃金並吞噬掉。

四十多名海盜幾乎在同一時間笑容變僵硬了，動作也僵直起來，彷彿霎時間變成了僵屍木偶一般，但這個變化卻沒有人發覺。

周宣在這個時候衝進這一群人中間，前面幾十個僵立的身子成了周宣的保護傘。

也就在周宣衝出的那一刹那，幾名雇傭兵和傅天來及其保鏢等六個人的步槍也響了，左右兩面的那十一個人在槍聲中相繼倒下。

周宣在衝出洞口後，在人群中竭盡全力往前衝，兩手直直向兩邊伸出，十指散開，冰氣從手指上散出傳得更遠。冰氣過處，海盜盡皆僵立，越到後面，海盜有反應的已經伸手摸槍，最後面的海盜更是端起槍來對著他。

而周宣拼了命朝前跑去，這短短三十來米的距離，花了近十秒鐘才跑完，好在前面有擋著的人，後面的人發覺時端起槍，已經來不及開槍，便被變成了僵屍。

等到周宣跑到最邊上時，這百十個海盜都已經是僵直呆立，猶如全部被點了穴道一般，無一遺漏。

此刻的周宣就像是快癱了的人一般，蹲在地上直喘氣。

左右兩邊那十一個海盜都被開槍擊斃，四個雇傭兵和傅天來的那個保鏢調過槍口，準備

再助周宣一臂之力，但見他伸開雙手直直地在人群中穿梭過後，這上百個海盜便都呆呆怔立著，絲毫不能動彈，心裏便以爲他們是被點了穴道。

周宣喘了喘氣，然後才向傅天來這邊招手示意，眾人趕緊從洞口裏鑽出來。

傅盈一開始爲周宣擔心死了，但這時卻完全被周宣的身手唬住了，怔了怔才扶起周宣來，問道：

「你是不是……是不是點了他們的死穴？」

以傅盈的眼力，自然能瞧出這些海盜各個都已經停止了呼吸，可傅盈是眼睜睜地瞧著周宣跑過來又跑過去的，他除了伸開雙手瘋狂跑動以外，沒見用任何武器，唯一說得通的就是，他點了這些海盜的死穴！

但凌空左右十數米的範圍，近百個人就這麼幾秒鐘之內都被活生生給點死了，這種身手，就是傅盈也自覺望塵莫及，綜觀這個世界上，又有哪個武林高手能達到這種級別？

的確沒有！至少傅盈是沒見過。要有，那也只是電影和小說中的武林高人才會有這樣的身手！不過，這一令人震驚的場面，很多人並沒有見到。見到的只有那四名雇傭兵和傅天來的保鏢以及傅盈。就是李俊傑都沒瞧見，因爲他當時是背對著周宣的。

周宣這一下用冰氣過猛，確實累得夠嗆，喘息了一陣還是覺得身體發虛，但此時也不敢多待，見眾人都奔了過來，趕緊說道：

「都拿好槍，地上多的是，一人撿一條。我們還得趕緊找路離開這個地方，這裏不安全，剛剛又開了槍，雖然洞裏聲音不大，但如果有別的海盜聽見，趕過來就麻煩了！」

傅天來一揮手，幾乎人人都撿了槍在手，那四名雇傭兵和保鏢還撿了好幾條槍背在背上，槍多幾支總是好的！

三名雇傭兵走在前邊，另一名雇傭兵和傅天來的保鏢一中一後，護衛著其他人。因爲剩下的幾個人都沒有什麼經驗，特別是那六名高管，高玉貞和傅盈的爸媽，這幾個人是根本就未曾遇到過這種事的。

第九十二章

怒海求生

現在大家已經吃不消了，人都快虛脫了，
周宣很是焦急，像這個樣子，
要是再沒有救援來到，他們絕對支撐不了兩天！
瞧瞧四周，依然是茫茫的大海，
頭頂依然是猛烈的太陽，何時是個盡頭啊！

周宣在傅盈的扶持之下，走在了最靠前的位置，運起了損耗頗巨的剩餘冰氣探測。這時候，冰氣探測的距離只能達到七八米了，但有總比沒有好。現在，他必須盡可能保存剩餘冰氣，或許在最重要的時候，就只有冰氣才能救命！

走出了一百多米的山洞後，外面發電機的聲音很響了，在另一個洞的方向，洞裏燈火通明，人聲隆隆，顯然裏面有很多人。傅天來知道很危險，吩咐大家儘量不要出聲，並加快步子。

到了水洞壁口，下面的海水中停了數十艘快艇，有幾艘大一點的船上還有重機槍架著。十幾個人挨個兒沿著繩梯下去。四個雇傭兵在前頭挑了兩艘稍大些的快艇，那個遊艇師傅乾脆選了他自己那艘，四個雇傭兵和六名貨輪高級主管上了一艘，傅天來這邊上了一艘，李俊傑來駕駛，這艘船上坐了傅盈，傅盈的爸媽、高玉貞，還有傅天來的保鏢。

傅盈扶著媽媽坐下後瞧了瞧四周，卻見周宣跳到別的船上東摸摸西摸摸的，不由得急道：「周宣，你還在幹嘛？快點過來，要是被另一個洞裏的海盜們發現就來不及了！」

傅盈不明白，其實所有人都不明白，周宣並不是在瞎胡鬧拖時間，他是用冰氣把其餘快艇發動機的最關鍵部分轉化爲黃金然後吞噬掉，看時間還來得及，又把那些重武器上的關鍵部位也轉化爲黃金吞噬掉。

海盜人多，一旦他們真的追上來，雙方必定有一死戰。但傅天來這邊多是老弱病殘，完全沒有戰鬥力，一旦交戰，一定會有死傷。爲了確保他們一行人安全逃離，周宣只能事先把海盜的船隻和武器全部報廢掉，這樣，海盜們就算想追也沒有辦法了。

周宣花費了幾分鐘搞定後，這才從最後一艘快艇上往傅盈的這艘船跳過來。快艇是一艘挨著一艘停的，才跳過三艘，頭頂上就有海盜叫嚷了起來。

那遊艇師傅不敢停留，率先發動機器，一馬當先地往外開去，接著是雇傭兵的那艘艇。船一開，三名端著槍的海盜連忙劈哩啪啦一陣亂射，頓時，洞裏叫聲和槍聲混響成一片。

傅盈伸著手急道：「周宣，快些！」

好在有那幾名雇傭兵開槍掩護，裏面的海盜一時鑽不出頭來。

周宣奮力騰躍著，三下兩下終於躍入傅盈的船中，李俊傑早已把船發動起來，只等到周宣躍進艇中，便立即將快艇開出去。

雇傭兵只幾條槍，肯定彈藥不足，等到子彈打光的時候，海盜們終於竄出來，一邊開槍，一邊沿著繩梯滑到快艇上。

傅天來瞧著從洞裏滑落到船上的海盜們，眼神凝重起來。海盜的數量竟然比剛才在大洞裏的還多，密密麻麻的，起碼有兩百人，長槍短槍的，又有那麼多船隻，如果追上來，他們可就在劫難逃了。

山洞裏的水道只有六七米寬，不可能像在海上那般稱心如意地疾馳，不過比人跑步還是快一些。

後面的海盜各自跳上船，一邊開槍射擊，一邊發動著船，但奇怪的是，不管他們怎麼發動，船艇上的發動機就是不響，而且不光是一艘發動不起來，整個洞裏的幾十艘都發動不起來了！

如果只是幾艘船發動不了，那有可能還是小問題，但若是所有船都發動不了，而偏偏周宣他們開走的三艘又好好的一點事沒有，那就表明是他們動了手腳！

海盜裏頭目模樣的人指手劃腳地叫罵著，一些海盜找了幾塊槳板划了起來，一艘小一點的船便被划著追了出去，而其他海盜則用步槍和火箭筒向前邊的三艘艇猛烈開火。

周宣叫道：「全部都趴下來，不要抬頭！」

那些海盜船上的重機槍和火箭筒都已經被周宣做了手腳不能使用，但從洞裏帶出來的武器還是能用的，又急又怒的海盜們胡亂發射著，炮彈不斷落進水中，炸起了高高的水浪。

遊艇師傅由於害怕，開得太猛，一下子撞到洞岩石壁上。火光中，後面跟著的雇傭兵那艘快艇稍稍減速了一下，但就在這一刹那，一發火箭彈正好落在快艇上，連人帶船炸得粉碎！

李俊傑在最後面，「啊喲」一聲大喊，將頭一矮，從濃煙中將遊艇開過去。

接下來又是幾發火箭彈落到身後的海水中，浪花翻滾。好在海盜們只是胡亂開槍開炮，但沒有船追趕上來。傅天來這時才明白到，周宣在那些船上跳躍摸看時，是在做手腳。

快艇開出去超過五六百米後，海盜的火箭彈已經沒有準頭了，發射的海盜本來就不及布魯克林的發射經驗和準確，發射出來的火箭彈偏得很遠，兩發落在海水中，另兩發則射到岩石上，把岩石洞壁炸得石屑紛飛。

不等發射第五發的時候，李俊傑忽然叫道：「不好！」

快艇上的其他人瞧著前面也都尖聲驚叫起來！

周宣轉頭一瞧，原來前邊十來米處的水面上，橫攔著一條手臂粗細的大鐵棒，鐵棒上全是半米左右長短的鐵刺，就像是一根長長的狼牙棒橫架在水面上，兩邊的岩石壁上顯然裝有機關。

當時進來的時候，因為是海盜們自己開的船，這狼牙棒沒有放下來是正常的，但現在又應該怎麼辦？

後面的海盜划著船，速度雖然慢，但終究會追到這裏來，而前面是狼牙刺棒，快艇過不去，就算人翻過去，那邊還是海，沒有陸地，沒有船仍然是死路！

李俊傑把速度慢了下來，後面划船的海盜又調校著火箭筒的座標，發射出的火箭彈準確

度慢慢高起來。一發炮彈甚至離周宣他們這艘快艇只有幾米遠，爆炸的水浪差點把快艇掀翻。

所有人都急得不得了，李俊傑把船速放得很慢了，等到離狼牙刺只有兩三米的時候，幾乎是停了下來。

周宣的冰氣消耗很大，但此時也不得不再次出手。

趁著眾人心慌意亂的時候，他擠到前邊，趴在艇上將冰氣盡力散出，把狼牙棒的兩頭截面轉化爲黃金，然後用冰氣吞噬掉，這樣，足有四米寬的狼牙棒頓時憑空掉進了海水裏！

李俊傑一怔，喜道：「媽的，怎麼回事？」但手底下可不慢，快艇穿過這個空檔，一下出了這個口子。

一出山洞，眾人眼前一亮，終於逃出了海盜的水牢，進入了茫茫大海中！

李俊傑一邊把艇速開到最高，一邊笑道：

「天助我也，海盜攔船的這根狼牙棒大概是年頭太久了，竟然在這個關鍵的時候斷掉，呵呵，我們真是好運氣啊，好運氣！」

傅天來瞧瞧周宣，見周宣疲軟地向他微微一笑，心裏便知道，這又是周宣幹的事。這年頭，哪有什麼運氣非凡的事？都是事出有因的！

在大海中全力開了五六分鐘，將海島甩開一千來米後，李俊傑才慢了下來，回頭問道：

「往哪個方向？」

遊艇師傅已經死了，雇傭兵和後來傅天來請到的布魯克林和湯馬士也都死了，懂這裏地形的人一個都沒有了。

現在，快艇上只剩下八個人，除了高玉貞和傅天來的保鏢外，就剩下傅家一家人了，當然也算上了周宣。

周宣還算熟一些，到底因爲有冰氣在身，被海盜抓來的時候他是故意的，所以很注意地形，從進海島山洞的時候起，周宣就記得很清楚，這裏是正南方。

李俊傑一問，周宣當即指著南面說道：「往南面走吧，我記得是這邊。」

李俊傑點點頭說道：「好，你們坐穩了！」

遊艇被全速開了起來，不到十分鐘，這個海盜島嶼便被丟得無影無蹤了。

不過，海島消失後，四面茫茫的，儘是無邊無際的海水，東南西北都不分了。來的時候因爲有航行設備和那遊艇師傅的指南器，加上他地形也熟，所以不會迷路，但現在，艇上沒有一個人對這裏的地形熟絡，連周宣都摸著頭不辨方向。

李俊傑開了一陣，覺得心裏沒譜，又問道：

「周宣，確定是這個方向嗎？」

周宣摸摸頭，瞧了瞧海面，有些無語。剛剛在海盜老窩的島嶼處，周宣還能肯定是正南方，但離島以後，卻是不辨東南西北了！

傅天來和他的保鏢都對航海不熟，傅盈的爸媽肯定是不懂的，高玉貞和李俊傑也不懂，周宣自然更不懂，冰氣在這個時候也不管用了，再說，他的冰氣已經損耗得相當嚴重！

李俊傑咬了咬牙，喃喃念了一聲，然後朝一個方向加到最高速開過去。

賭就賭一把，不能在這兒盤旋來盤旋去的，要是看不到岸，油又燒光了，那就慘了！

就這樣跑了兩個小時，油真的燒光了。當快艇熄滅了發動機，聲音靜下來後，四周依然是茫茫大海，無邊無際！

更慘的是，油沒了，艇上還沒有預備一點吃的喝的，除了三支半自動步槍和一把匕首外，其他什麼東西也沒有，就算划船，那也沒有槳板！

在海盜島上的洞裏逃出來的時候，都沒有想到弄點水來喝，現在只有在快艇上等待了，能在活著之前遇到過路的船隻，才有可能離開這個地方。否則，最終的結果不是餵魚也是渴死餓死！

也不清楚時間，但瞧瞧斜在天邊的太陽，估計應該是下午四點左右。再過兩三個小時就要進入夜裏了。

在海上，最擔心的就是遇到暴風雨。像他們這樣的快艇，沒有油不能開動，如果遇到暴風雨的話，唯一的結局就是被掀翻沉入海底！

這時，周宣笑笑說：「盈盈，你又不是不知道，我潛水很厲害的，現在沒有風浪，我正好下去抓魚，看抓不抓得到，讓我試試看吧。」

傅盈知道周宣潛水很厲害，他倆就是因爲潛水才相識的，周宣這樣一說，傅盈就瞧了瞧四周的海面，此時微波蕩漾，確實沒有風浪。

周宣輕輕捏了一下傅盈的臉蛋想要去吻，卻發現旁邊還有她的爺爺和父母正望著他，臉上頓時紅了起來，趕緊脫掉外衣和鞋子，然後一頭就扎進海水中！

微微有些涼意的海水讓他清醒了些，他運起冰氣來。這個時候，他的冰氣已經損耗得非常厲害，可是，在水面下七八米的深度中卻是沒有什麼魚，只能再往深處潛！

在潛到二十來米深的地方，水流動向不是很急，但也沒什麼魚，周宣用冰氣探測到下面五六米處有一隻一米多長觸鬚的烏賊，心想：有這東西的地方，應該有別的魚類吧，於是又往下潛了五六米。

那烏賊似乎覺察到危險，觸手一捲，落荒而逃。周宣也沒想追牠，如果要抓牠，倒是不費吹灰之力，但烏賊這種東西，生的肯定不好吃，所以周宣放過了牠。

不過，有烏賊這種殺手在的地方，應該是有別的魚類在附近了。周宣把冰氣盡力運到極

致，果然隱隱感覺到右前方似乎有魚的動靜，只是冰氣達不到那個距離，趕緊腳一擺動，輕輕潛了過去。

游了不到十米，冰氣便探到前方六米處有兩條三尺多長的魚，心裏一喜，趕緊又往前游了游，儘量不搞出很大的動靜。

就在周宣往前游了兩三米的時候，那兩條魚便覺察到動靜，魚尾一擺便要游開，但周宣哪裡會給牠們機會！冰氣在一瞬間便轉化了兩條魚的腦髓，隨即又吞噬掉，兩條魚在剎那間便成了空殼魚，沒有腦子，一動也不動地往水下沉去。

周宣迅速游過去，一手一條托著往上游去。

在快艇上，傅天來的保鏢和高玉貞都很緊張，更緊張的卻是傅盈的爸媽。周宣跳下海後到現在，已經超過了五分鐘，這麼長的時間還沒有浮出水面，這讓他們非常恐慌。在大海中潛水，哪有人能徒手在水裏潛這麼久的？

傅盈的媽媽瞧著女兒，手拉著手，擔心地低聲問著：

「盈盈，你那個……那個……怎麼這麼久還沒上來？」

傅盈心裏也同樣緊張，但她是知道周宣潛水的厲害。在那個陰森恐怖的天坑洞底的陰河水中，周宣都能潛到十多分鐘，而且還能照顧她，像現在的海水，對周宣來講，幾乎是沒有任何困難的，至少在這樣的海水裏遠沒有山洞裏的那些危險，而且在這樣的海域，應該也不容易碰到鯊魚這種殺手級的東西。

但時間一分一秒地過去了。周宣還沒有浮出海面。雖說傅盈知道周宣的潛水能力，但時間這麼久還沒出來，傅盈也有點承受不了，捲了捲衣袖，便要跳進海裏。

楊潔趕緊死命拖住女兒，說什麼也不讓她往海裏跳。

傅盈心裏說不出的焦急，就在這個時候，左側的水面響動了一聲，接著，就聽到李俊傑叫道：「出來了，出來了！」

傅盈急急轉頭，只見周宣在艇左側七八米處踩著水，一手托著一條魚！

傅盈不禁大喜道：「周宣，快上來！」

周宣鑽出水面後，托著魚還有些吃力，費了點功夫才游到艇邊。李俊傑和傅天來的保鏢趕緊幫忙，將兩條魚丟在快艇甲板上後，趕緊伸手把周宣拉上船來。

眾人這才瞧著甲板上的兩條魚，不由得很是驚訝！這兩條魚每條起碼都有一米多長，身上全是灰色的斑點，嘴巴特別大，有點像中國沿海一帶的石斑魚。

李俊傑伸手抓著魚嘴看了看，說道：「這魚起碼有三十斤以上，就是看不出是什麼魚，好像有點像石斑魚，但這個海域應該是沒有這種魚的！」

傅天來的保鏢拿起匕首在艇邊剖了一條魚，刮掉鱗片，清洗掉肚腸，然後把魚肉切成一片一片的，分發給艇上的人。

傅盈拿了生魚片先遞給了傅天來，然後又給了傅猛和楊潔，最後才給了周宣。李俊傑則拿了些遞給高玉貞，然後自己也拿著吃了一片。

在嘴裏咀嚼了幾下，李俊傑忍不住讚道：「這魚肉味道真鮮，要是再來點魚子醬就更完美了！」

周宣和傅盈對生魚片一點也不陌生，在天坑洞底的陰河流中就已經吃過兩次了。吃了幾片後，周宣笑笑說：「以後無論我去哪裡，我都帶點鹽在身上。」

高玉貞雖然是有心救父而來，但到底是個沒有經歷過險境的普通女孩子，在海上吃生魚片時差點嘔吐起來。

周宣淡淡道：「高小姐，還是咬牙吃一點，魚肉是高蛋白，營養豐富，現在你能多撐一分鐘，也許就能保住命！」

據說人的抗饑餓能力能達到一個星期，但如果沒有水的話，撐三天都不行。在海面上，沒有淡水，這魚肉其實還是最好的食物，因爲魚肉裏含有大量水分，這樣，即使不能直接喝到水，但魚身體裏的水分也能讓人得到補充。

傅盈的爸媽倒是吃得津津有味的，因爲他們以前經常去吃日本生魚片，倒是很習慣，最主要的是，關在海盜窩裏幾乎長達一周的時間，吃也吃不好，睡也睡不好，受盡了驚嚇，現在雖然還沒逃脫困境，但至少能自由自在地吃東西了，而且四周全是親人，這種感覺是很特別的！

傅天來的保鏢小心地割著魚片，儘量不帶上魚刺。不過這魚大，也沒有什麼小刺，吃著味道也可以。等到眾人都不要了的時候，保鏢自己也割了肉片吃起來，八個人只吃了一條魚，還有一條魚沒動。

傅天來的保鏢用手碰了碰那條魚，一動也不動，顯然是死得透了，他心裏倒是有些奇怪。周宣是從海裏提著魚出來的，如果是剛抓的魚，無論如何也不可能死透了，再說，周宣又沒有用水槍等武器，這魚外表上也沒有傷口，照理說是不可能死成這樣的！

李俊傑出聲問道：「周宣，這魚應該不會讓人近身的吧，你是怎麼抓到的？」他心裏確實奇怪，難不成周宣對魚也能像對山洞裏那些海盜一樣，隔空點穴嗎？

周宣笑笑道：「這些魚有點笨，不愛游動，我悄悄游近了，在水裏面狠狠揍了牠們幾拳頭，就把兩條魚都打暈了。」

分明是不想說明原因，這些天來，那個保鏢和李俊傑都明白周宣的奇異之處，見他不說也就不再多問。

這個時候天漸漸黑了下來，一葉孤舟，大海茫茫，何去何從，大家心裏都沒個底。

夜深了，傅天來跟傅猛和楊潔在艇尾低聲說著整件事的前後情況，又把喬尼的事仔細說了一遍，說的時候又氣又心痛。

傅猛和楊潔又聽傅天來說到傅盈和周宣的事。不過因爲周宣在場，也就輕描淡寫的一筆帶過。但傅猛和楊潔卻都聽得出來，父親對周宣的身分顯然是認可了，話語中無形中把他當成了傅家人。

傅猛又瞧了瞧依偎著周宣坐在艇邊的傅盈，輕輕嘆了口氣。不管怎麼樣，父親傅天來一直拿捏著傅盈終身大事的否決權，如果父親不同意，就是他跟楊潔也做不了女兒的主。

以傅猛的眼力來看，周宣略有些特別，但不算太出色。不過，傅猛最中意周宣的地方是，在這麼危險的境地中，周宣能爲了盈盈，爲了救他們一家人而不惜涉入險境，這個危急時刻，誰都明白，那是要拿命來賭的！

說到有賺錢能力的年輕人，傅猛夫婦見得多了，能賺大錢的好手在華爾街一抓一大把，但能爲了愛人以生命來賭的，那卻是找不出誰來！

就衝這一點，傅猛對周宣的印象就很好。而且，自己一家人確實是他救出來的，雖然現在仍然處在危險之中，但至少是暫時逃出海盜的掌控了。

快艇在海面上隨波浮動，也不需要安排人值勤守夜，大夥都各自伏在甲板上睡覺。

周宣這個時候更明白冰氣對他的重要性，雖然現在同樣是生死未卜，但在海盜窩裏，冰氣發揮了決定性的作用，如果沒有冰氣，要帶這麼多人逃出來，那簡直是做夢！

所以，一開始進入休息狀態，周宣便暗暗運起冰氣恢復起來。說實話，雖然是吃生的，但還全靠那條魚的營養補充。營養充分，又得到了休息，周宣的冰氣又開始正常運轉了。夜深後，他幾乎能在滔滔的海浪中聽到船上眾人的呼吸聲。

周宣只覺得身體舒暢，把冰氣運了運，幾乎可以探到十二三米了，比最強的時候也只低了三四米而已！

周宣伸了伸懶腰，不過只伸了一隻左手，因爲傅盈正依偎在他右胸口處睡得正香甜，或許是因爲有周宣吧，累極了的傅盈放心地甜蜜地睡著了。

周宣將冰氣傳到傅盈身體中檢查了一下，沒有不對的地方，又將她的身體機能激發了一下，這才悄悄躺好，瞧著沒有幾顆星星的天空慢慢入睡了。

天亮了，沒有鳥叫聲，只有海浪微微的起伏聲。

眾人都醒來後，李俊傑又把昨天吃剩下的魚清洗了一下，跟那保鏢一起割起魚片來。隔了一夜再吃，那魚肉就沒有昨天的鮮了，味道也差了些。

吃過生魚片早餐後，太陽也漸漸升了起來，這時候眾人才感覺到受不了。

太陽光太猛烈，烤得人難受，六個男人分了組，倆人一組輪流著把半自動步槍槍柄當槳板用來划水，雖然困難了些，但總比沒有強，把快艇往太陽落下去的方向划去。

太陽快下山的時候，大約是四五點鐘，周宣又跳進海水中，抓了一條十幾斤重的魚上

來，八個人仍然是吃生魚片。

晚上不再全部睡覺，有人繼續划船。實際上，經過一天的陽光炙烤後，晚上划船反倒是比較輕鬆的事。

再到第二天天亮後，周宣又到水中抓了一條魚。不過這條魚小了些，只有七八斤重，但是夠吃了。

高玉貞雖然噁心腥味，但白天被太陽曬得怕了，又渴又累，這時倒是吃得津津有味了。白天划得就慢些了，太陽曬得體力消耗很大，八個人嘴唇都乾得起了裂痕。

傅天來更是懊悔得不得了，在山洞裏怎麼就沒想到從艾拉迪身上把衛星電話拿走呢？

周宣抬頭望了望天空，連一絲雲都沒有，太陽雖然猛，總好過暴風雨，如果暴風雨來了，那就沒有人能安全了。不過，海上的天氣，那是誰也說不準的！

八個人中，要說體質，數傅天來的保鏢、李俊傑和傅盈比較強一點，但要真說起來，周宣身有異能，其實是最強的一個，只是從外表看，誰都看不出來。

現在就李俊傑和傅天來的保鏢已經吃不消了，人都快虛脫了，傅盈的爸媽和高玉貞更不用說了。

周宣很是焦急，像這個樣子，要是再沒有救援來到，他們絕對支撐不了兩天！

瞧瞧四周，依然是茫茫的大海，頭頂依然是猛烈的太陽，何時是個盡頭啊！

第九十三章

歷劫歸來

兩人在船尾甲板上纏纏綿綿地說些無關緊要的話，
傅盈雖然不希望周宣踏進這個危險的境地中，
但周宣不僅跟著來了，而且還幫大家逃出海盜的魔手。
這會兒好不容易脫離了危險，終於可以盡情地說悄悄話了。

太陽略有些偏西，估計是中午一點到兩點左右，而現在，就是傅天來的保鏢和李俊傑兩個人，也沒有力氣再划動快艇！

周宣到底是有冰氣護身，身體仍然感覺有體力，但在一望無際的大海中，他一個人的力量又何其渺小！

划也划不動了，除了周宣，其他七個人都伏在艇上動都動不了。

周宣焦急不已，瞧瞧艇上，特別是傅盈的媽媽楊潔和高玉貞這兩個人，差不多是昏迷了。

周宣把無力卻還清醒著的李俊傑和傅天來的保鏢倆人叫起來，說道：「俊傑，你們兩個看著遊艇，我再潛到海裏，看看能不能抓條魚！」

李俊傑點點頭，周宣正要跳下水，忽然側起了耳朵聽了一陣。

李俊傑什麼也沒聽到，奇怪地問道：「周宣，你在聽什麼？」

周宣舉起食指放在嘴上做了個噤聲的手勢，然後又側耳聽了一陣，突然神情欣喜起來，沉聲道：「大家都注意，有船經過！」

一聽周宣說有船，傅天來、傅猛、傅盈都直起身來，神情很緊張地盯著周宣。

周宣又側著頭聽了十幾秒，然後指著一個方向說：「那邊，船！」

只是，那船與他們的快艇相距還有兩百米時，對面船上便響起了槍聲。

不過不是用重機槍，而是用半自動步槍射出來的子彈。子彈明顯偏出了很多，打在離周宣他們這艘快艇十多米遠的海面上！

周宣趕緊說道：「你們都把手放到頭上，別反抗，剩下的事我來做。記著，別做任何反抗的事！」

周宣說完，便從快艇後面悄悄溜下水，然後從水中偷偷往漁船的方向潛過去。

海盜的做法他很明白，他們不是要傷人，只是想劫持人質勒索贖金。所以，不到萬不得已，他們是不會傷人的，因爲殺害了人質，也就得不到勒索的錢，所以對海盜來說，傷人其實是沒有任何好處的。

漁船越開越近，周宣也奮力游了四五十米，冰氣差不多可以探測到漁船了，再近十來米後，周宣便暗中貼到了漁船底下。

放出的冰氣探測到，漁船至少可以乘載六七十個人，但現在船上的海盜只有十二個人，半自動步槍有十二條，重機槍則只有一挺，而周宣最關心的飲水食品在艙裏卻是不少，不由得大喜！

船頭上，幾名海盜拿著槍射了幾下後便不再開槍，因爲他們看得出，對方的快艇沒有汽油了，而且艇上的人都蹲著，雙手抱著頭，其中還有幾個女人，用不著再浪費子彈了，抓到人質沒什麼問題，瞧瞧這些人的樣子，估計是能發一筆小財了！

相距還有二三十米的時候，周宣便放出冰氣，穩穩鎖定了這十二個海盜。開到快艇邊上時，漁船便完全停了下來。蹲在最前邊的保鏢和李俊傑瞧見周宣貼在對方的船底向他們示意，趕緊把眼光收了回去。

海盜見沒有危險，留下十個人在自己船上持槍警戒，兩個人跳上快艇，首先提走了兩支步槍和那柄匕首，然後喝令他們到漁船上去。

李俊傑瞧見周宣在水中向他做了一個姿勢，不明白是什麼意思，怔了怔，但忽然發覺除了自己身邊這個海盜外，對方船上的十名海盜和自己艇上的另一個海盜都已經呆滯不動了。

李俊傑身邊的那個海盜正笑呵呵瞧著傅盈、楊潔和高玉貞三個女子，興奮地說了幾句話，卻見沒有人回答，詫異地抬頭望著他身邊的那個海盜，卻見那個同伴傻傻站著不動，以爲他被傅盈的美麗驚呆了，伸手推了推，那海盜竟然就翻身跌入海中，動也不動地沉入水底！

那海盜一驚，嚇得哇哇大叫，端起槍就要亂射！

李俊傑哪裡容得他有所反應，當即一個箭步竄上，伸手便扭斷了那名海盜的手臂，奪下他的槍，將槍口對著對面船迅速掃射！

槍聲大響中，對面的十個海盜一動不動地站著被李俊傑一個個打翻，滿船鮮血迸射！

李俊傑將對面船上的海盜盡數打死後，這才跳過去搜索，看還有沒有躲起來的海盜。傅天來的保鏢狠狠踩著那個受傷的海盜，傅天來和傅猛也都跳到對面的海盜船上去幫李俊傑的忙。

傅盈趕緊伸手，把游過來的周宣從海水中拉了起來。周宣很放心地登上快艇。因爲他知道，除了自己艇上這個受傷的海盜外，再沒有一個活海盜了。

李俊傑在漁船上搜了個遍，也沒再發現活著的海盜，這才走到甲板上，把被打死的海盜一個個扔下海去，然後用高壓水槍沖洗掉甲板上的血跡，這才叫快艇上的人過去。

周宣跟傅盈扶著楊潔過去後，又回來扶了高玉貞，最後，傅天來的保鏢又押了那名受傷的海盜過去。

那海盜可真是嚇傻了！局勢明明是他們占優，怎麼自己被奪了槍以後，他就打死了自己船上的所有人？難道他們都傻了嗎？乖乖等著別人一槍槍來打自己？

他當然想不通，因爲這些人都已經給周宣用冰氣在一瞬間吞噬了腦髓，而李俊傑開槍的時候，他們已經是十具屍體了！

但除了傅天來外，沒有人懷疑李俊傑的槍法，甚至李俊傑自己都覺得自己是個英雄。而在眾人看來，也確實是李俊傑奪了槍後，打死了對方船上的十名海盜。

海盜漁船上的船艙不小，周宣幾個人趕緊把楊潔和高玉貞扶到船艙裏，拿飲用的淡水給

她們喝，然後又讓她們躺在艙裏的毯子上休息。

這條船的環境可比快艇好多了，至少曬不到太陽，有水有熟食吃，更重要的是，漁船上還有通訊設備。

那個海盜被李俊傑和傅天來的保鏢綁在了桅杆上，那海盜嚇得直哆嗦，嘴裏嘰裏咕嚕地說著，但沒有人能聽得懂。

這海盜很怕死，平時他們威風慣了，今天無緣無故見到同伴全死光了，以爲神靈在懲罰他們。

傅盈瞧見船上有很多速食品，便用壺裏的滾水泡了溫著。楊潔和高玉貞主要是虛脫了，喝了些水後，便慢慢恢復了神智。

周宣在駕駛艙裏找出一張亞丁灣區域的海域地形圖來，然後拿給李俊傑，讓他按著圖的指示往肯雅的港口開去。

幾分鐘過後，李俊傑回到艙裏笑道：

「外公、舅舅，你們都可以放心了，那個海盜怕死得很，雖然聽不懂我們說什麼，但指著肯雅海岸省的港口位置直點頭，船的航行方向就是往那裏去的，他用手指比劃的時間是六個小時，六個小時後，我們就能回到肯雅的港口了。」

傅天來點點頭，雖然有喜色，但還是頗爲鎭定，說道：「俊傑，你過去幫忙，兩個人看好那個海盜，把方向弄準，別再錯了航向。」

「外公，您就放心吧。」李俊傑笑著回答，「船上還有一挺重機槍呢，駕駛艙裏還有一個小型的雷達掃描器，可以掃描到十公里範圍以內的目標，雖然範圍小了些，但避開海盜船是綽綽有餘了。只要我們避開所有可疑船隻，就可以安全回到肯雅港口。」

傅天來擺擺手，吩咐道：「小心些就好！」

船艙裏，高玉貞和楊潔慢慢吃著熱食，臉色基本恢復了些。

傅猛拿過一個軟墊子，說道：「爸，坐下歇一會兒吧！」

傅天來瞧了瞧船艙口，輕輕問道：「盈盈呢？」

「跟周宣在甲板上聊天吧！」傅猛嘆了口氣，瞧著傅天來苦笑著道：「爸，你對周宣是什麼看法？」

傅天來淡淡一笑，瞧了瞧傅猛和楊潔。楊潔聽到丈夫問起女兒的事，當即抬頭注意起來。

「說實話，」傅天來微微嘆了一聲，然後說道：「以前，我認為他根本就配不上我們家盈盈，但現在，我倒是認為，他比我見過的任何一個年輕人都要好，都要優秀！而且，他對盈盈又好，你們可都看到了，他可是把盈盈的生命放在最重要的位置上。」

楊潔雖然沒跟周宣說過話，但周宣一直對她很恭敬，很照顧，對女兒傅盈的關愛和關心她也是瞧在眼裏的。而在傅家這個大家族裏，公公傅天來的話無疑就是聖旨，他的話就代表了傅家的態度，作爲傅盈的親生父母，她和傅猛反而是沒有發言權的。

傅天來沉吟了一下，然後才抬著頭沉聲道：「這事就這麼定了，回去就在紐約給盈盈和周宣訂婚吧，我們要想盡任何辦法把周宣留在傅家。」

傅猛詫道：「爸，還要我們想辦法留他？他不是喜歡盈盈嗎？難道我們家的條件還不夠吸引住他？」

傅天來哼了哼，沉著臉道：

「我告訴你一件事，不要拿你以往的任何經驗來衡量周宣，他跟這個世界上任何人都不一樣！他是一個非常特殊的人，他對盈盈的好，我不懷疑，但他絕不會被我們的財產吸引。除了盈盈，什麼東西都不能把他打動！」

傅猛見父親說得很鄭重很嚴肅，也不敢答話，只是瞧著父親。

旁邊還有一個高玉貞這個外人在，所以傅天來也不想說太多，擺擺手道：

「你們被關了幾天，身體累得很了，多多休息一下，我也想想事情。」半晌又冷冷地哼了一聲，道：「喬尼這個混賬！」

傅猛見傅天來又氣又怒，話題又涉及大姐身上，雖然只罵了一句喬尼，並沒叫大姐的名字，但惱怒已經遍佈臉上。

漁船甲板上，周宣跟傅盈依偎在一起。

傅盈良久良久才說了一句：「不想你來，但你最終還是來了。」

周宣淡淡一笑，低聲道：「如果沒有你，這輩子我活著還有什麼意思？」

傅盈心裏激動，眼圈兒也紅了，好一會兒才說道：

「周宣，你知道嗎？我們家就我爺爺說了算，我爸媽你也見到了，我雖然是他們親生的，但我的事他們也不能做主。」

「別擔心！」周宣輕輕撫著傅盈的頭髮說著，「你爺爺那兒，我想我已經跟他談好了，應該沒事。」

聽到周宣叫了一聲，傅盈抬起淚水盈盈的臉蛋，問道：「什麼事？」

周宣指了指傅盈的淚珠，笑道：「盈盈，你媽媽好漂亮，跟你在一起就像你的姐姐，一點也不像你媽媽！」

傅盈「撲哧」一笑，嗔道：「我媽本來就好看，那還用你說！」

周宣又笑笑說：「盈盈，你比你媽媽還要好看！」

兩人在船尾甲板上纏纏綿綿地說些無關緊要的話，傅盈就是高興跟周宣說這些，雖然她不希望周宣踏進這個危險的境地中，但周宣不僅跟著來了，而且還幫大家逃出海盜的魔手，

這的確讓她非常驚喜。這會兒好不容易脫離了危險，終於可以情深深意綿綿地盡情說悄悄話了。

駕駛艙裏，李俊傑和保鏢兩個人硬是逼著那海盜指出最近的路徑，這才在天黑前趕到了肯雅海岸省沿海邊的港口。

到肯雅海岸省沿岸港口已經是晚上八點多了，傅天來用船上的通訊器與肯雅警方聯繫上後，把海盜船和槍枝都交給他們，然後在內羅畢警方的護送下回到內羅畢軍方機場。

沒有多做一分鐘的停留，傅天來便命令兩名機師駕機離開內羅畢。

所有人都上了傅天來的大專機，那架小飛機就只由機師一個人駕駛隨行。

在上飛機前，機師還問傅天來道：「傅老爺，要不要通知一下喬尼表少爺再走？」

傅天來冷冷喝道：「從今天開始，誰也不准提喬尼這兩個字！」

在飛機上，傅天來沒有跟任何人說話，獨自一人待在一邊。

兩架飛機在摩納哥加了一次油，返回紐約後已經是第二天的下午了。

這一回，傅天來沒有把周宣安排在昆斯區的別墅，而是一起返回了唐人街的傅宅。

隨後，傅天來開了張三十萬美金的支票給高玉貞，又吩咐李俊傑把高玉貞送到紐約酒店，因爲高玉貞的父親已經被贖回，她也沒有什麼再擔心的事了。

在這件事中，高玉貞有驚無險地賺了六十萬美金，父親又安全回來了，算是皆大歡喜。

傅天來隨後把傅氏集團的高層全部召集到傅宅來，其中也包括他的大女兒傅本。

半個小時後，傅氏集團的高官齊聚傅宅，一共是到了十七個人。

在傅家偌大的客廳裏，十七個人瞧著傅天來冷峻的面孔，誰都不敢說話。傅本見傅天來瞧都不瞧她一眼，又見弟弟傅猛夫妻坐在他左邊，臉上也沒有半分笑意，父親右邊則坐著傅盈和一個不認識的青年。

說實話，傅本心裏非常恐慌。弟弟被綁架的事情她是知道的，侄女傅盈和李俊傑去援救的事，也是兒子喬尼設的局，而現在，他們全部都好好地回來了，而喬尼卻還留在索馬里，這顯然說明，喬尼的計畫失敗了。

但是，兒子喬尼怎麼都沒告訴她，爺爺和舅舅他們已經逃出來的事呢？難道事情出現了什麼重大變故？現在究竟又發生了什麼事呢？

傅本應該是最瞭解整個事件真相的人，但現在，她徹底被搞暈了。雖然害怕，但她還是非常擔心兒子，所以，她也提心吊膽地盼望著老爺子儘快說出這個事情的來龍去脈！

其實傅本應該想到，傅天來是擔心會走漏消息，所以才對自己這一方鎖死了消息。

而喬尼此刻還在索馬里與海盜一方談判。海盜的談判人一邊在瞞著喬尼，一邊加派人手

在海上搜索傅天來一行人的行蹤。所以，喬尼本人並不知道傅天來一行人已經回到紐約的事。

喬尼知道他媽傅本的心理狀況並不好，所以也沒有告訴傅本索馬里發生的一切，導致傅本被打了個措手不及。

傅天來環掃了眾人一遍，十幾個人都是噤若寒蟬，傅天來的這一眼，實在太冷太刺人了。

又凝神坐了幾分鐘，傅天來對大廳裏靠左後的一個四十來歲的白人說道：

「馬斯，傅氏風險投資基金賬上還有多少現金？投資了多少？」

馬斯是個美國人，聽傅天來問起，立刻打開手上的筆記型電腦回答道：

「傅先生，傅氏風險投資基金的總資本是十一億七千萬美金，除去幾筆短期國際期貨投資外，剩餘帳面現金還有七億兩千萬，其中的五千萬現金已經由喬尼經理劃撥出去，作爲索馬里營救的初期贖金。喬尼經理曾經要求我劃撥更多資金給他，但因爲公司章程規定，超過五千萬的資金需要公司三個高層管理者共同簽訂，超過一億的資金需要向您彙報，所以，我沒有同意他的要求！」

馬斯說的話居然是很標準的中文，這讓周宣有些意外，卻不知道傅天來招聘高層主管的第一個要求，便是要會說普通話的。

馬斯又補充道：「傅先生，因爲您與傅猛總經理都已經身在這次索馬里危機事件中，喬尼經理前天通知了我們，說傅先生您、傅盈小姐以及李俊傑先生都被海盜劫持，目前傅氏直系繼承人只剩下喬尼經理，所以他有權要求動用公司危機章程，臨時代理傅先生的職務，並要求動用集團十五億美金的現金。當然，這個提議是需要傅氏高層的投票決議的，在傅本董事的提議下，高層投票決議實際上已經在今天上午的會議上全票通過，公司的財務部也正在著手十五億現金的轉賬事宜！」

傅天來臉色更是冷峻，停了片刻，然後慢慢說道：

「作爲傅氏的掌門人，我衷心地感謝各位對傅氏的盡心盡力，同時我也宣布，喬尼提議的危機章程，從現在開始正式取消！」

傅本的臉色一下子就雪也似地白了起來，嘴唇動了動，卻沒有說出話來！

傅天來冷峻的眼神又掃了掃眾人，然後說道：

「我還有兩件事情要宣布，第一件事情是，傅氏正式取消傅本女士執行董事的職務以及喬尼先生風險投資基金經理的職務，並正式修改我的遺囑分配，取消傅本和喬尼在傅氏集團的財產繼承權。」

傅本蒼白著臉，手哆嗦起來，顫著聲音問道：「爸，你，你爲什麼？」

說這句話的時候，傅本明顯底氣不足。

傅天來冷冷盯著傅本說道：「俗話說，虎毒不食子。我想，你總不希望我現在說出來吧？」

傅本一下子就癱軟了，哆嗦著嘴唇，終於忍不住抽泣起來。

「現在，我再宣布第二項決定！」

傅天來瞧也不瞧傅本，卻是把眼光投到了周宣身上，道：

「各位傅氏高層，我現在正式宣布一項重大決定：這位周宣先生，我的準孫女婿，從明天起，將正式進入傅氏集團董事會。同時，我現在就口頭宣布我的遺囑，傅猛夫婦百分之二十的集團股份保留不變，二女兒和外孫李俊傑的百分之十集團股份保留不變，收回大女兒傅本和外孫喬尼的百分之十集團股份，這百分之十的集團股份連同剩餘百分之六十股份，共計百分之七十的集團股份，在我去世後，將全部劃歸到孫女傅盈和孫女婿周宣的名下，當然，這同時也有一個限制，那就是，傅盈必須決定與周宣結婚，且不能離婚，周宣才能動用劃歸到他名下的集團股份及相關收益。」

傅天來的這個決定，讓在場的所有人都感到驚訝！尤其是周宣。

不過，沒等周宣說話，傅天來便擺擺手，說道：

「讓大家受累了，今天都回去休息吧。傅氏家族在這次危機中表現卓越，不僅沒有給集團帶來任何損失，而且還贏得了英雄般的國際聲譽，大家明天就可以看到有關傅氏集團的重大的好消息了！」

十幾個高層主管感慨萬分地離開後，傅本才顫著聲音，淚流滿面地說道：

「爸，你怎麼能……怎麼能這麼狠心？你對一個外人都能贈與那麼多的財產，卻這麼狠心地把我跟喬尼母子趕出家門？我可是您的親生女兒啊！」

「外人？」傅天來狠狠地說道，「我告訴你，傅氏家族的尊嚴，就是妳所說的這個外人給挽救回來的！是他，不顧生死地把我們一家人從海盜手裏救了出來，是他，讓我們安全回到紐約！從現在起，他就是傅盈的未婚夫！如果他是外人，那喬尼又是什麼東西？還有，我告訴你，傅本！」

傅天來幾乎是牙齒咬得砰砰響：「你不配姓我的姓！一個連親生父親，親弟弟，親侄女，親侄子都能下得了毒手的女人，你怎麼還是人呢？還怎麼配姓這個傅字？」

被傅天來當場戳穿，傅本嚇得淚流滿面，頓時跪倒在地，挪動著雙膝爬到傅天來跟前，抱著他的腿，哽咽著道：

「爸，我知道錯了，我原本是不想害你的，都怪我一時糊塗。爸，你饒了我吧！」

傅天來冷冷道：「我知道你不想害我，這些都是喬尼做的，你只是順水推舟而已。但

是，就衝著你的狠毒和冷漠，我也不能饒了你。」

停了停，傅天來一腳踢開傅本，說道：「你還是感謝姓了傅吧！這個傅姓救了你一命！聽著，以後你每個月可以到公司支取兩千美金的生活費，就這樣，滾吧！」

傅本哪裡肯被踢開，抱著傅天來的腳就是不鬆開，只是哭叫道：

「我不走，爸，你饒了我吧，爸，你饒了我吧！」

傅天來冷冷地對保鏢叫道：「拖出去，以後不准放進來！」

保鏢進了門，低聲對傅本道：「大小姐，請你還是出去吧！」

傅本不理他，只是對傅天來哭泣求情。

保鏢無奈，伸手捏住了傅本的脈門，傅本手一痛，便鬆開了抱著傅天來小腿的手。這樣，保鏢便半拖半拉地將她弄了出去。

周宣一直是冷眼旁觀，在豪門世家中，這種爭權奪利、自相殘殺的事太多了，沒想到在自己深愛的女人家裏，這樣的事也在上演。

等到保鏢把傅本拖出去後，周宣才淡淡道：

「傅老先生，您的好意，我不能接受！」

「嗯，說說你的理由！」傅天來對著周宣，臉色便緩和了下來。

周宣點點頭回答道：「我喜歡盈盈，我也要娶她，但是我娶她，並不是我要入贅，所以，我不會接受您的財產。我可以向您保證，第一，我能賺到足夠的錢養活盈盈，給她很好的生活，這些絕對沒有問題；第二點，我自己的財力雖然遠不如您，但也有好幾億，夠我和盈盈開創新事業的。您也知道，我只是個普通人，過普通人的日子讓我感到開心，所以，我並不貪心要更多錢。」

傅天來笑了笑，說道：「周宣，我相信你說的話是真的，我只想問你一句話，你可以為盈盈付出一切嗎？」

周宣毫不猶豫地回答道：「當然可以！」

「那就行了！」傅天來笑笑著對傅盈說道，「盈盈，你是我的親孫女，我傳家第三代唯一的繼承人，現在我可以告訴你，我答應你跟周宣的婚事了！但你也應該明白，爺爺對你是有期待的，作為傅氏集團的第三代掌門人，你要對傅氏集團負責任啊！」

傅盈咬著下唇，把臉蛋側著瞧著周宣，輕聲問道：

「周宣，你真的可以為我付出一切？」

「那還用說。」周宣鄭重地點點頭道，「盈盈，你又不是不知道，沒有你，我怎麼活得下去？」

在場的都是傅盈的長輩，周宣的話說得如此肉麻，但卻沒有一個人覺得，因為周宣說得是那麼真誠，誰都覺得這是從他心裏說出來的。

傅盈輕輕笑了笑，到底薑還是老的辣，爺爺沒幾下就把周宣繞進圈子裏了！

於是，傅盈深吸了一口氣，鄭重其事地說道：

「周宣，如果你要娶我，如果你願意爲我付出一切，那麼，你首先要支持我，爲傅氏家族承擔起應負的責任。」

看著周宣略帶慌亂的眼神，傅盈挽起周宣的胳膊，柔聲道：「你是我未來的丈夫，這個責任，是不是應該由你來承擔呢？」

第九十四章
豪門婚姻

傅盈把那張銀行卡插進機器裏，
輸入密碼後，顯示幕上顯示出一連串數字。
周宣數了後面的零，一二三四五六七八，竟然有八個零！
這可是美金，就隨手一筆零花錢，
也比周宣賺了這麼久的所有財產都多了！

周宣怔了怔。這次，傅盈和傅天來是一起把他給繞進去了。

說實在的，周宣又不是傻子，人家非要拿錢往他身上砸，他也不是非要躲掉不可的。人家有錢非要給你，又有什麼不好？

只不過，周宣不願意把傅盈與這份財產並列在一起，不願把他和傅盈的感情扯上利益關係，如果是要拿這份龐大的財產來逼迫周宣，那他肯定不幹。

但傅天來卻是摸透了周宣的脾氣。周宣這個人太重感情，只要傅盈對他曉之以情，他就會乖乖就範。俗話說，愛屋及烏，周宣對傅盈好得是一塌糊塗，對傅盈最愛的親人又怎麼會不愛護？

以前，傅天來對周宣怎麼看都不順眼，現在喜歡上了周宣，便又覺得周宣比誰都強，不僅真正愛護盈盈，又具有奇特異能，讓他身負重托，傅家一旦有難，他還能袖手旁觀啊？

傅天來更喜歡的是，周宣對錢財並不貪心。他早就派人調查過周宣，對他這半年來的賺錢速度不禁咋舌，雖然他的財富遠不及傅家，但以現在這個發展速度，要達到傅氏的財力並不是太難的事情。關鍵是他身懷異能，那便是取之不盡的財富。

只是，周宣並不太著急賺錢，甚至不太願意去理這些事，他唯一的貪圖，就是跟親人一起享受，開開心心過日子。在北京，周宣雖然開了個古玩店，但那只是想讓親人朋友都有個踏實的工作，古玩店一旦上了路，他便立刻扔給張老大和弟弟妹妹，這便能說明周宣的心態。

傅盈見周宣愣了一會兒，便追問道：

「周宣，你在想什麼？問你話呢。」

周宣瞧了瞧傅天來和傅盈，忽然笑了笑，回答道：

「盈盈，你們要給我錢，那隨便你們好了，放多少在我頭上我也不在乎，誰也不會嫌錢多是不是？不過，有一點我要說清楚！」

傅盈趕緊問道：「是什麼？」

「給我名頭股份我不反對。」周宣盯著傅盈說道，「不過，我可不管事，公司什麼事我都不管！我什麼都不懂，插手公司的事，容易把公司搞亂。」

傅盈一聽就有點急了，因爲她知道，在傅家，爺爺是把希望都寄託在她身上了。但她從小就不喜歡生意上的事，對家族事業不關心，所以爺爺才費心要給她找一個撐得起傅氏門面的丈夫。現在，周宣也不願意做事，這可怎麼辦呢？

傅盈還在擔心著，傅天來卻已經哈哈大笑起來，拍手說道：

「好，就這麼定了！猛兒，媳婦，你們抽幾天空，選個好日子，在紐約給周宣和盈盈辦一場訂婚儀式！到時，我會在婚禮上正式宣布，周宣擁有我們傅家第一繼承人的身分。這個消息，我要讓整個世界都知道！」

說完，傅天來又笑呵呵地拉著周宣到他身邊坐下，說道：

「就按你說的辦，你可以不管公司的事，但只要你對盈盈好就行。從今以後，你們想怎麼玩就怎麼玩，想去哪兒就去哪兒！」

周宣瞧了瞧傅盈，傅盈此刻完全被幸福沖昏了頭腦，笑靨如花地依偎著她媽媽，瞧著這個場景，周宣心裏面也洋溢著濃濃的幸福味道。不管傅天來設什麼圈套，只要能跟傅盈在一起，能讓傅盈天天這麼開心，還有什麼不能做的？再說，傅天來根本不會設局來陷害自己，頂多是想讓他替傅盈出頭，撐起傅家的江山而已，老人家的這點苦心，他還是可以理解的。

雙方都拋開隔閡，那就什麼事都沒有了。

這時候，李俊傑上前大大方方地跟周宣握了握手，說道：「妹夫，你好！以前我就喜歡你這個人，現在倒好，終於成了一家人了！」

傅盈衝他一瞪眼道：「表哥，誰讓你喜歡他的，我喜歡他，你們誰都不准碰啊！」

李俊傑呵呵笑道：「是是是，除了你，誰也不准喜歡他。」

傅猛夫婦本來對這個女婿並不瞭解，但女兒如此喜歡他，而傅家的最高領導人也喜歡並且同意，那他們也就什麼都沒得說的了！

傅天來叫來保姆大嬸，讓她去把老太爺請出來。傅盈當即站起身來道：「王嫂，我跟你一起去，祖祖在後花園吧？」

王嫂點了點頭，倆人一起出了客廳。

傅天來瞧瞧大廳裏的人，微笑著說：「俊傑，打電話把你媽請過來。盈盈的訂婚禮，二姑不到像什麼話，讓她馬上訂機票！」

李俊傑笑嘻嘻地點頭。

沒過幾分鐘，傅盈便挽著一個白髮老者進了客廳，瞧模樣至少有九十歲以上。

周宣趕緊站起身，心知這個老者就是傅盈的曾祖父傅玉海了。

傅玉海一到，客廳裏所有的人都站起身來，傅天來上前跟傅盈一起扶著他坐上了首座，然後自己坐在了他旁邊。

傅盈拉著周宣走到傅玉海面前，說道：「周宣，這是我的曾祖父，今年整整一百歲了，快叫祖祖！」

周宣乖乖叫了一聲：「祖祖！」

傅玉海瞧著周宣，仔細打量了一會兒，說道：「孩子，你叫什麼名字？」

周宣大了點兒聲音，道：「祖祖，我叫周宣。周吳鄭王的周，宣傳的宣，我是中國人！」

傅玉海略略點頭，又道：「中國人，那好啊，要是盈盈找個洋鬼子，我老頭子拿大拐杖

趕走他！」

傅盈紅暈上臉，嗔道：「祖祖，我才不找洋鬼子呢！」

「過來，走近一些，讓我瞧瞧！」傅玉海向周宣伸了伸手，周宣叫過他，到這會兒他還沒有答應呢。

周宣走上前，傅玉海拉著他的手瞧著，周宣一激動，冰氣自然而然就竄進了他的身體。

傅玉海的身子已經老化到了極點，到底是年歲太高了。

這次的綁架事件，傅天來可是嚴令任何人不得向老爺子透露。像他這個歲數，稍有一點閃失也就撒手人寰了。

這時，一大家子人都在，傅玉海高興得很。雖然板著臉瞧著周宣，但心裏是高興的，瞧樣子，傅盈自己是喜歡得不得了，而兒子傅天來好像也是笑容滿面的，難得一家人都同意這事。他板了個臉，只不過是做做樣子，嚇嚇周宣。

不過，傅玉海瞧著周宣好一陣子都沒說話，最終傅盈是忍不住了，嗔道：「祖祖，您幹嘛呀，要嚇壞人家啊！」

傅玉海見傅盈沉不住氣，露出了小兒女神色，開心地笑著說道：「好吧，盈盈，不准嚇就不嚇他了，你叫周宣啊？」

周宣趕緊又說了一遍：「祖祖，我叫周宣，周宣！」

「嗯，周宣！」傅玉海點點頭說著，「我記著了，既然你是我們傅家的女婿了，那就要按傅家的規矩辦啦！正好，大家都在，你們拜拜吧！」

周宣怔了怔，瞧了瞧傅盈。卻見傅盈羞紅了臉正忸怩著，又瞧了瞧這一大廳的人，不知道傅玉海要他怎麼拜？

傅天來笑呵呵地道：「傻小子，你沒看到嗎，這裏有祖祖、爺爺，還有岳父岳母，你不準備正式拜一拜啊？」

周宣摸了摸頭，有錢人家規矩就是多。不過再怎麼不願意，這一關也是免不了的。即使在老家，娶個老婆規矩也多著呢。

周宣雖然怕麻煩，但也不是憤世嫉俗之人，有些規矩總是得照做的，於是微微一笑，當即跪倒在地，認真地對傅玉海磕了三個頭，然後叫道：

「祖祖！」

傅玉海這次倒是乾乾脆脆地應了聲：「好孩子，起來吧！」

周宣站起身時才發覺，傅盈也跟他跪著一起磕了頭，雖然紅著臉害著羞，但卻沒忘跟周宣一起行這個大禮。

傅玉海伸手從衣袋裏掏了一張銀行卡來，笑呵呵地遞給周宣，說道：「祖祖給點零花錢，拿去吧！」

周宣一遲疑，老人家這個錢不知道應該不應該收？就在他猶豫之間，傅盈卻伸手接了過來，笑吟吟地道：「謝謝祖祖！」

既然傅盈接了，周宣也不便再說什麼，反正是老人家的一點心意，拿去買件衣服買點好吃的，大概是這個意思。

傅盈接著又輕輕扯了扯周宣的衣袖，拉著他到傅天來面前跪了下去。周宣這才明白，這個規矩，不光是對傅玉海這個大老太爺，而是要對傅家全體長輩啊！

沒有什麼好說的，這事總不能叫別人代勞，於是又拜了下去。傅盈也跟著一起磕了三個頭，然後一齊叫道：「爺爺！」

傅天來也大聲應了一聲：「哎，都起來吧！」說著，也從衣袋裏取了一張銀行卡遞過來，說道：「拿去跟盈盈買點好吃的！」

聽這個口氣，周宣猜想不會有太多錢，也就放心了。

傅盈依舊笑吟吟接過來，說道：「謝謝爺爺！」隨後又來到傅猛和楊潔面前磕了三個頭後，周宣遲疑了一下，然後才叫道：「岳父岳母！」

傅猛年紀並不大，不過四十剛出頭，聽了周宣的叫法，笑了笑，說道：「算了，這樣子可把我跟盈盈媽都叫老了，以後就跟盈盈一樣稱呼吧！」

傅盈伸了伸舌頭，笑嘻嘻地道：「爸、媽！」

周宣心裏鬆了一口氣，叫別人爸媽確實有點不習慣，但人家把養大的女兒白給了你，還倒貼了一大筆錢，哪能叫都不叫一聲？

當下周宣又規規矩矩叫了聲：「爸爸、媽媽！」

傅猛和楊潔都高興地應了一聲。

傅猛嘆息了一聲，從小繞膝撒嬌的女兒轉眼間便長大了，就要成了別人家的人了！楊潔拉著女兒，雖然依然明豔照人，但顯然比以前消瘦了很多。

傅盈卻是伸了手對傅猛和楊潔道：「爸、媽，祖祖、爺爺都給零花錢，怎麼你們就不給了？」隨即皺著眉頭嘟著嘴道：「你們是不是我親生爸媽啊？我都懷疑我是你們撿來的了！」

傅盈這打趣的話，頓時讓廳裏的人都笑了起來。

傅猛伸手在傅盈頭上敲了一下，罵道：「你這丫頭，鑽到錢眼裏去了，怪不得爺爺一分錢都不留給你！」

楊潔見女兒雖然打趣說笑，活絡著場面，但眼神卻一直都在周宣身上，處處維護著他，生怕他受到了一絲絲委屈，心裏不禁一酸，這哪裡還像自己那個驕傲的女兒啊？

見到媽媽淚濕眼眶，傅盈詫道：「媽，你怎麼啦？怎麼忽然就哭了？」

楊潔抽抽噎噎地道：「媽怕你受苦，媽捨不得你！」

傅盈笑著擦掉楊潔臉上的淚水，說道：「媽，我不會受苦。再說，我又不是要離開你，我到哪兒都還是你的女兒！」

周宣這時倒是機靈起來，趕緊說道：「媽，您放心，這一生，我絕不會讓盈盈受苦，不管我們在哪兒，只要您想見盈盈，我都會帶她立刻來見您！」

「好啦，這麼好的日子，你哭什麼哭！」傅玉海笑著說，「你應該高興才是！周宣啊，你會下棋不？」

周宣一怔，問道：「下什麼棋？」

此刻，卻見傅天來、傅猛、李俊傑都藉故起身，說有事出去了。轉瞬之間，廳裏便只剩下傅玉海、周宣和傅盈三個人了。

傅盈笑嘻嘻地望著周宣。周宣可不傻，八成和傅玉海下棋不是個好活兒，否則怎麼會把其他人都嚇跑了。

傅玉海哼了哼，惱道：「都是些沒有孝心的，又沒有叫他們下，一個一個都跑光了！」

「祖祖喜歡下象棋，你會不會？」傅盈問周宣。

原來傅玉海真是喜歡下象棋，只是年紀大了，又沒事可做，平時便是逮著誰，就讓誰陪他下棋。

傅天來、傅猛和李俊傑都是吃夠了苦頭，傅玉海的棋藝不怎麼樣，加上年歲已高，記憶力和思維速度都下降得很厲害，棋術更是弱了很多，但問題就在於，他雖然是棋術不行，但陪他下棋總要讓著些才行，如果每次都輸，老爺子心裏恐怕會受不了。

但老爺子還是個很要強的，讓著他呢，又不能讓得過於明顯，否則被瞧出來他就要發脾氣。最關鍵的是，傅玉海雖然棋術不高，但棋癮特別大，逮著誰就是一整天不讓走，這可真把人搞怕了，所以，大家一聽到他要下棋，立刻都藉故溜走了。

周宣在老家小的時候下過象棋，經常跟趙老二、張老大幾個狐朋狗友下著玩，不過長大後就沒下過了，對象棋發燒友來說，他的棋藝應該算差的。

傅盈一問，周宣笑笑道：「要是不會下象棋，那還叫中國人啊？」

傅玉海一拍大腿，呵呵笑道：「對，這句話說得好，不會下象棋還能算是中國人嗎？呵呵，擺棋！」

傅盈笑吟吟地去拿了棋盤和象棋過來擺上。

好傢伙，周宣一見到棋盤和象棋子，不由自主地用冰氣測了測，棋盤是紅香樹的，棋子則是紫檀木的，樹齡都在四百年以上，就這兩樣也算是值錢的古董了！

傅玉海興致勃勃地擺起棋來。周宣也不客氣，坐在對面擺棋。傅盈則坐到周宣身邊，依偎在他肩膀上。

傅玉海不知道周宣棋藝如何。棋盤擺好後，周宣請傅玉海先走棋，傅玉海擺擺手道：「你是小輩，當然由你先走了！」

周宣也不客氣，當先跳了馬出去，儘管棋技不高，但他還是知道，跟長輩下棋是不能先走當頭炮的，那樣不禮貌。

幾十步棋下來，周宣有些左支右絀的，棋藝顯然比傅玉海略遜一籌，到底是很多年沒下過了，老是走瞎棋，打眼，走了才知道是錯棋。

傅玉海呵呵直笑，開心得很，他可瞧得清楚，周宣並不是讓他，而的確是棋差一著。下棋這個東西，通常是小時候打下的底子，智力定型後就無法再提高了。這也是很多智力高的人成年之後學棋，只能學會，技藝卻無法達到高深的原因。

蘇東坡應該算是個智力很高的人吧，但他成年後才習棋，總是下不過他認爲棋藝不怎麼樣的普通人，只好自嘲「勝固欣然敗亦喜」。

周宣身在局中時卻是不願輸，想很久才走一步棋，但往往走的卻是一步壞棋。

傅玉海也不嫌他慢，心裏卻是怡然自得。不過，下了一個小時後，傅玉海忽然覺得頭暈起來。

周宣正想著棋路，忽覺傅盈掐了自己胳膊一下，然後嘴角向傅玉海一呶，周宣這才發覺，傅玉海已經皺起了眉頭，顯得很不舒服的樣子。

周宣瞧著傅玉海的表情，趕緊用冰氣探過去。

傅玉海只是年紀太高，略帶有高血壓，這般坐久了血液不流通，自然會頭暈了。

周宣測到傅玉海沒有大毛病後就放心了，便運冰氣將傅玉海的體能激發出來，將其血液細胞的生長機能更新。

冰氣運轉了幾遍，就在不知不覺中，傅玉海的身體機能已經恢復到了二十年前的程度！傅玉海和傅盈都不知道，就在這一瞬間，周宣已經把傅玉海弄得年輕了二十歲。

傅玉海只覺得腦袋暈了一下，但隨即又清醒過來，似乎像在曝曬的太陽下喝了一杯冰凍的飲料一般，從頭涼到底，又清醒，又有力。不自禁地伸了伸手，往日彎不過去伸不直的地方，此刻竟然無意中就伸到了。

傅玉海一怔，隨即再用手到背上抓了抓，又伸了伸腿，自己的身體突然變得隨心所欲起來，這讓他不禁愣住了。

傅盈趕緊道：「祖祖，你背上癢癢？我給你抓抓！」

傅玉海搖搖頭，趕緊擺擺手，說道：「你可別糊弄祖祖，你小丈夫要輸了，你就打岔使計了！」

傅盈臉一紅，啐了一口，嗔道：「祖祖！」

周宣收回了冰氣，又苦苦想起面前的棋來，現在正被老爺子將軍呢。可是，怎麼想也覺得是個死棋，半晌才嘆道：「祖祖，我輸了，下第二盤吧。」

傅玉海摸清了周宣的棋藝水準，盤算了一下，說道：「這盤我讓你一支馬！」說著，便從自己擺好的棋盤中撤走了左手邊的一匹馬。

周宣嘻嘻一笑，說道：「祖祖，你讓我一匹馬，怕是要輸了。」

「屁話！」傅玉海哼道，「讓你一匹馬照樣贏你，要不我們來賭點什麼？」

周宣摸摸頭，訕訕道：「下棋是娛樂嘛，賭就不必了啊！」

傅玉海笑了笑，對周宣倒是越發喜歡了。俗話說觀棋如觀人，棋品如人品，周宣棋藝雖差，但走棋不悔，不賴棋，輸了便輸了。雖然不想輸，還要再來，但認輸卻很爽快，棋品很好。而傅玉海說讓他一匹馬，周宣也沒覺著什麼，這便顯得周宣心性很淡然，並不覺得被人讓了棋是很難堪的事。

周宣本以爲傅玉海讓了他一匹馬後，自己一定能贏，因爲剛剛便是險輸，如果再好好走也不一定輸。

只是想歸想，事實歸事實。再下一局時，周宣才發覺，傅玉海似乎棋藝增長了一般，一步一環將他壓得死死的，並沒有討到好處。

卻不知道這罪魁禍首就是他自己，剛剛把傅玉海的身體機能激發後，傅玉海神清氣爽，記憶力和思維力都敏捷了許多，有體力有腦力後，顯然比周宣要略強一點了。

只是這一丁點也並不太明顯，倆人殺得興起，也是你來我往的。

傅盈不懂象棋，靠著周宣時間長了，隨口指點了兩著。再過一會兒，傅盈便沒有興趣了，靠著周宣的肩膀瞇著眼打瞌睡。

這一局依然是周宣輸了，有幾步看著要贏了，但最後卻走了瞎棋，周宣自然不服氣，說道：「祖祖，再來，我就不信我不贏！」

傅玉海哈哈大笑，得意地道：「再來，再來，你就別想贏！」那神態便如老頑童一般。

周宣正合他的心意，並不是像傅天來和李俊傑那般敷衍他，而真是盡全力在跟他下棋，只是偏偏又下不過他。這份喜悅便是能從心底裏發出。加之身體也清爽了很多，下了這麼久也不見累。

不過，周宣越下越厲害，錯棋漏棋也少了，在第四局上終於扳回了一局。雖然贏得艱難，但總是贏了。

傅玉海這一盤本來看著要贏的，但大意了一下，就給周宣瞅到空子下了狠手。這一盤輸得吹鬍子瞪眼的，惱道：「再來再來！」

倆人這般槓上之後，又下了四局，傅玉海贏三輸一。

王嫂來叫吃飯了，傅玉海揮揮手道：「不吃！」於是又下了一局。

這一局周宣贏了。他興奮地一揮手，見傅盈靠著自己睡得迷迷糊糊的，傅玉海也有些憔悴，心裏一驚，見保姆王嫂在一邊，趕緊問道：「王嫂，幾點了？」

王嫂悻悻地道：「都凌晨兩點了，老爺子可從來沒有這麼瘋過。他能跟你這個歲數比嗎？」

周宣臉一紅，趕緊道：「不下了，不下了！」

傅玉海雖然給周宣激發了體能，精力有了極大改變，但如何能跟周宣這般年輕人比？不過傅玉海還是不想走，眨巴著眼道：「不行，不行，再來，我怎麼會輸？下一局我肯定贏！」

周宣卻是說什麼也不肯再下了，搖搖頭，拉起傅盈說：「盈盈，起來了，回去睡覺！」

傅盈站起身，迷迷糊糊地問道：「周宣，祖祖輸了幾盤？」

傅玉海惱道：「屁話，你祖祖我下八盤贏了六盤，什麼叫輸幾盤？要是不服，再接著來。」

王嫂煲了點燕窩粥，周宣是不想吃的，但傅玉海覺得有點餓了，要他們陪著，他也就跟傅盈一起陪傅玉海喝了點粥。

傅盈跟周宣都只喝了小半碗，但傅玉海卻是喝了兩碗，精神好得很，連王嫂都很奇怪。以往下了兩盤棋就會累得躺下就睡，今天下了八盤棋，差不多五六個小時，竟然還要喝兩碗粥，在餐桌上還嚷嚷著再來。

喝完粥後，他跟王嫂一起把傅玉海送到臥室，這才回到三樓的客房，傅盈把他送到門口，害羞地站著不進去。

周宣抓了抓頭，瞧著傅盈羞羞的樣子，實在是惹得他心癢癢的，忍不住伸雙手撐在牆上，將傅盈環在雙手中間，慢慢地將頭湊過去。

傅盈閉著眼睛微微等待。周宣很喜歡她這個樣子，所以沒有急著把嘴貼上去，而是一直瞧著傅盈嬌羞卻又微微期待的樣子。

傅盈顫著嘴唇等了一會兒，卻始終沒等到周宣的嘴唇吻上來，忍不住睜開眼來，卻發現周宣正盯著她看，不禁咬唇惱怒起來。

周宣嘻嘻一笑，再不多待，把嘴唇觸了過去，卻就在這個時候，旁邊客廳的門似乎響了一下。傅盈「嚶嚀」了一下，像隻受驚的兔子，從周宣胳膊下鑽出來就跑了。

周宣看不到外面，但卻聽到傅盈「哎喲」一聲呼痛，接著就急急跑了，忍不住又好氣又好笑。

現在，周宣老婆也追回來了，岳父岳母也救回來了，一家人都安安全全的，周宣心裏才算是完全放下了。不由得想到了家裏，想到了自己的父母和弟妹。

周宣拿起了電話想打回國內，但一想到現在已經快三點了，打回去不是擾人清夢嗎，便放下電話又躺到床上。

不過始終覺得有什麼不妥，瞧了瞧窗外黑黑的夜空，忽然恍然大悟，原來忘了時差，在紐約是凌晨兩三點，但在國內，那是白天了！

當即拿了電話，先撥了國際號，然後撥了家裏的電話。

電話通了，裏面傳來老娘金秀梅的聲音：

「喂，哪位？」

「媽，是我！」

周宣儘量低著聲音說著話。

金秀梅一聽到周宣的聲音，當即大聲叫了起來：

「兒子，是你？你在哪兒呀？好不好？」

周宣輕輕笑道：「媽，別擔心，我好得很。我現在紐約，你不要那麼大聲說話，這裏是凌晨三點，人家都在睡覺呢！」

「哦。那，那你幾時回來？」老娘金秀梅心裏一下子放下來，連著幾天吃不好睡不香的，現在好了。因爲聽得出周宣是真的沒事，金秀梅笑得很開心。

「過幾天就回來了，盈盈的爺爺要給我們辦訂婚儀式，辦完了就回來！」周宣笑著把這事跟金秀梅說了，老娘應該也會高興一番，她可是早想著自己快結婚，給她添孫子了。

不過，周宣這樣一說，當即便聽到電話裏傳來魏曉晴的哭泣聲，接著，又聽到金秀梅嘆了一聲，喃喃道：

「曉晴也在呢，多好的女孩啊！」

周宣心裏沉了一下，沒料到魏曉晴竟然還跟老娘他們在一起。要說魏曉晴對自己的確一往情深，還有老爺子和魏海洪，他們似乎也都有那麼一層意思，但自己實在沒有辦法分出一半心來給她了！

嘆了嘆，周宣無言地放下了電話。顯然，他的心情受到了一些影響，對魏曉晴也感到有些內疚。不過，感情的事強求不來的，說穿了也好，早傷心比遲傷心好！

躺著練著冰氣，周宣努力不去想別的事，一會兒就睡著了。

清晨醒來後，周宣感覺神清氣爽，每一次冰氣損耗過大再恢復過來後，周宣都會感覺特別舒服，因爲冰氣總會有更大程度的精進。

洗漱後，周宣下樓到客廳。傅天來和李俊傑起得最早，隨後是傅猛和楊潔夫婦，再後就是傅盈。

一個小時後，大家都到齊了。王嫂早餐做好上桌，卻只有老爺子還沒有起身。

傅天來笑問周宣：「周宣，你昨晚跟祖祖下棋下到幾點？」

周宣不好意思地說道：「兩點多，祖祖還喝了兩碗粥才睡！」

王嫂擺好了早餐，過來請他們到餐廳，邊走邊說：「老爺子可從沒有超過七點起床的，昨晚是真累了！」

傅天來擺擺手，笑道：「算了，別去叫他，讓老爺子自然醒吧。難得老人家那麼高興！」

周宣和傅盈的訂婚儀式定在兩天後。雖然太急，但傅天來吩咐下去，一切都按最高規格辦理，在希爾頓大酒店包下了一整層。

本來時間確實太短，準備是不夠的，但有錢能使鬼推磨，傅天來大把的銀子撒出去，什麼難題都解決了。

吃完早餐後，老爺子還沒有起床，周宣嘿嘿笑著，傅盈乾脆拖著他跑出去逛街。

爲了浪漫，傅盈也不開車，跟周宣手拉手地在大街上閒逛。路過一間銀行時，傅盈忽然記起昨天傅天來和祖祖給的零花錢，笑嘻嘻地從背著的皮包裏取出那兩張銀行卡，拉著周宣到取款機邊笑問道：

「周宣，你猜猜，爺爺和祖祖會給多少零花錢？」

這哪兒猜得到？周宣瞧著傅盈興沖沖的樣子，不願掃她的興，假裝想了想，回答道：

「祖祖給十萬，爺爺給二十萬！」

傅盈笑吟吟地挑了一張出來，揚了揚說道：「先看祖祖的。」說著，把那張銀行卡插進機器口裏，輸入密碼後，顯示幕上顯示出一連串數字。

周宣數了數後面的零，一二三四五六七八，竟然有八個零！

祖祖給的竟然是一個億！

這可是美金，就隨手一筆零花錢，也比周宣賺了這麼久的所有財產都多了！

第九十五章

神秘功夫

雖說魯亮的鷹爪功已經練到了超凡脫俗的境界，
但如要把這個石凳打爛的話，那他還無能為力的。
在海盜島上周宣顯露的那一手隔空點穴，勁氣傷人，
在魯亮看來，那就是接近傳說中的神秘功夫了。

傅盈取了卡片，又把爺爺傅天來給的卡插進去，輸入密碼，幾秒鐘後，螢幕上顯示的同樣是一個「一」和一串零，周宣又數了數，還是八個零，傅天來給的零花錢也是一億美金！

這老父子倆真是錢多了燒的！給個零花錢，隨手就扔出了兩個億。

傅盈取出了卡片，放到皮包裏後惱道：「爺爺真小氣，祖祖給一億，怎麼爺爺也只給這麼多？」

周宣瞠目結舌道：「盈盈，你怎麼這麼貪心？給一億的零花錢還嫌少？」

傅盈哼哼著道：「你以爲我是貪錢啊？這是你跟我第一次拜見長輩，是對你的認可，我當然在乎啊。以前，如果祖祖給我們的壓歲錢是五百萬，爺爺就會給一千萬。一億是不少，但爺爺應該比祖祖多一倍才對。我也不要錢，但這是給你的見面禮，少了我可不答應。」

周宣心裏頓時又感激又頭痛，傅盈倒是處處爲他著想，不希望他在家人面前受一點委屈，但兩億美金的見面禮，還有嫌不夠的？

於是，周宣嘿嘿乾笑了一聲，然後道：「盈盈，別鬧了，兩億的美金，我們一輩子都花不完的。我聽說你們傅氏最近有危機，正缺錢，我看這個錢還是還給爺爺和祖祖吧，你要花錢，我有，你應該花我的！」

傅盈扭了扭身子，說道：「不行，這可是爺爺和祖祖給你的。我要拿回去給弟弟妹妹爸媽買禮物。你告訴我，爸媽都喜歡什麼啊？」

周宣詫道：「你是說我爸我媽？」

「什麼你爸你媽，你當我是什麼？」傅盈嘟著嘴不高興起來。

周宣一怔，隨即醒悟，平時看起來不管多高傲的女孩子，一陷入愛情，那就眼界也短了，醋意也多了！

周宣趕緊拉著傅盈的手，笑道：「我錯了我錯了，盈盈，是咱爸咱媽！」

傅盈這才高興起來。不過，緊接著，周宣又說道：

「盈盈，爸媽都是鄉下人，你別拿錢嚇壞了他們！咱們就用自己的錢吧，錢夠用就好，反正我賺的也夠你花的。把這錢還給爺爺和祖祖吧，既然我是傅家的女婿了，那也要爲傅家想一想，現在傅家不是正面臨危機嗎？」

傅盈摟著周宣的手臂，笑吟吟地偎著他，柔聲道：「你說怎麼辦就怎麼辦。我餓了，我們去吃飯吧！」

早餐的時候，周宣就見傅盈沒吃什麼，只喝了一杯牛奶，八成現在也餓了，便點點頭道：「好啊，你要吃什麼？」

「我要吃……」傅盈正要說出口時，想了想又咽了回去，然後神神秘秘地說道：「我帶你去個地方！」

周宣見傅盈神神秘秘的，臉蛋紅撲撲的極是可愛，乾脆什麼都不問，直接跟著她走就是

了。

傅盈拉著周宣搭了一輛計程車，周宣由得傅盈把他帶到哪裡。瞧著紐約的街道，周宣不由得心裏感嘆，每一次在紐約街頭竟然心情都是不同的。

他現在的心情最是安靜，最是幸福，在車上，與傅盈一直緊緊拉著手。

不過，計程車走了十多分鐘後，周宣忽然發覺計程車竟然是開到了唐人街，不由得怔道：「盈盈，你不是說要帶我去一個地方嗎？怎麼又回來了？是要回家去吃嗎？」

傅盈搖搖頭，微微笑著說：「不是，反正你跟著就對了！」

計程車停的地方確實不是傅家。周宣下了車打量著這裏的環境，這不是唐人街的正街道，屬於偏巷，面前就是一間餐館，但餐館很小，也就只能容納十來個人的樣子。

餐館裏是兩排可以折疊的餐桌椅，餐館老闆是一個三十多歲的中年婦女，瞧模樣是東方人。

傅盈帶著周宣進去坐下後，那婦女抬眼見到傅盈，怔了怔，隨即展開笑臉迎上來道：「傅小姐，你怎麼來了？」

這話是標準的普通話，果然是中國人。

「蓮姐，我想吃你做的菜，所以就來了。」傅盈笑嘻嘻地說著，自己拉開椅子讓周宣坐下。

那蓮姐笑笑說：「你啊，我看就是好東西吃膩了，要來我這裏過過苦生活吧，呵呵，要點什麼？」

「小籠包，嗯，我要吃泡菜炒肉絲，還有麵條！」傅盈扳著手指頭說了幾樣，然後又補道：「兩個人，兩碗。」

周宣沒想到傅盈竟然會帶他來吃這個，這個在老家經常吃的。泡菜在老家叫酸菜，傅盈點的都是周宣老家最普遍也是最多人吃的「酸菜肉絲麵」！

傅盈坐在周宣身邊，瞧了瞧在餐灶處忙著的蓮姐，轉過頭來對周宣說道：

「你還記得你帶我們去吃的小餐館嗎？我印象特別深！帶你來這裏，你明白我的意思嗎？我跟著你，是希望跟你一起開心，一起痛苦，過你的生活，而不是過以前那個傅盈的生活！」

周宣如何不明白。傅盈的意思是向他表明，她不當以前的千金小姐了，她只想跟周宣好好過日子，她並不在乎跟著周宣過什麼樣的日子。

蓮姐的酸菜肉絲麵做得很道地，麻辣味十足。周宣好久沒吃辣的了，額頭上都辣出了汗水，但味道確實好。

吃完後，蓮姐又給他們兩個送上了冰凍的可樂。周宣深深吸了一口，冰涼的感覺混和著

舌頭上殘餘的麻辣味，好爽快！

結了賬回去時，傅盈特地不坐車，跟著周宣步行回去。在路上，傅盈才說道：

「蓮姐這個店，我爺爺也喜歡來吃，我跟他來過一次，後來我自己就經常來了。蓮姐的店利潤很薄，做的也都是老顧客，吃一次只花很少錢。我來她這兒，一是喜歡吃，二也是想幫助她。錢雖然少，但也是一種支持。」

周宣很喜歡傅盈這種想法，對朋友的幫助不一定就是要給他錢，經常光顧朋友的生意，這其實也是最好的資助。

兩人幾乎是散著步回家的，花了四十分鐘。

客廳裏，傅盈的爸媽都不在，可能是出去了，就傅天來、傅玉海、李俊傑三個人在。

傅盈大大咧咧地叫了聲「爺爺、祖祖」，然後就從包裏取出銀行卡，遞還給傅天來和傅玉海。

傅玉海詫道：「盈盈，這是幹什麼？」

「祖祖、爺爺，我在銀行機器上查了一下，你們給的都是一億，周宣說太多了，我們傅家現在正處在危機中，正需要用錢，他讓我把這個還給你們。」

傅盈說了周宣的意思，傅玉海側頭瞧著傅天來，問道：

「天來，公司有事嗎？」

傅盈一怔，知道自己大咧咧地說漏嘴了，家裏都瞞著祖祖父母被綁架的事，而現在，喬尼跟大姑的事也都是瞞著他的，雖然事情就要煙消雲散了，但這事肯定還是不能告訴祖祖的，老人家年歲太高，一激動，萬一有個三長兩短就壞了。

傅天來趕緊道：「沒事了。前幾天因爲金融危機，公司受到了些波動，不過都是小事，現在好好的！」

說完，傅天來把銀行卡又遞給傅盈，惱道：「盈盈，跟周宣回去後，你身上沒點錢怎麼行？難道我們傅家連這點零花錢都拿不出了？」

傅盈沒有接，卻是拿眼瞧著周宣，周宣倒是給弄得不好意思了，索性點頭道：

「盈盈妳拿著吧，省得爺爺和祖祖生氣。」

傅盈這才笑吟吟地接過來放進包裏。

傅天來卻是嘆著氣道：「真是女生啊，這還沒嫁，心就向著別人了，氣死我了！」

傅盈臉一紅，低了頭坐到傅天來身邊不說話。

傅天來這話其實是打趣的，周宣也明白。

停了停，傅天來又對周宣說道：「周宣，我那個保鏢，你也認識的，名字叫魯亮，一身金鐘罩鐵布衫練到了很高深的境界，身上已經練到刀槍不入，手爪能劈磚破竹，很是厲害，

不過他對你很佩服，想跟你切磋切磋！」

周宣一怔，那個保鏢自己也能瞧得出來，功夫肯定是很厲害的。傅天來說的刀槍不入，應該是刀具槍矛的槍，而不是手槍步槍的槍。人的武技再厲害，也是不可能擋住真槍真彈的。

若要以武術來跟魯亮對抗比試的話，那周宣肯定遠不及他。或者說，魯亮一招就能讓周宣受重傷或者殞命，因爲除了冰氣異能外，周宣是不會任何武術的。

當然，周宣如果運用冰氣的話，那又另當別論。以現在周宣對自己冰氣的認知，自己這身異能如果出手對人的話，恐怕是要比任何的武術都要強得多，但有個問題，如果要用冰氣來對付人，又要必須贏的話，那動輒就要傷人或者死人，這就是難題了！

而魯亮是看到周宣在海島上如何出手對付海盜的，他自認爲遠不及周宣的功夫高深，這一出手肯定就會全力以赴。

以魯亮的全力出擊，周宣如果不用冰氣轉化廢掉魯亮的手腳，又如何能擋得住呢？

周宣在想著這個問題時，傅天來也在瞧著他，淡淡地道：「周宣，好好把握吧，很多人奇怪著呢。」說完拍了拍手，魯亮便從廳門外走了進來，對傅天來恭敬地行了一個禮，然後又對周宣恭敬道：「周先生，請指教！」

魯亮的表情是誠懇的，是真心想跟周宣請教，一般練武的人在見到比自己武藝高得多的人時，那種誠心是很真切的。

傅天來的意思是，因爲魯亮和傅猛都看到過周宣在海島上出手，他們對周宣的神奇功夫一直驚奇不已，傅天來就是要周宣對魯亮做個合理的解釋出來，以消除他們的疑惑。

魯亮又對周宣做了個請的手勢，說道：「周先生，請到後院。」

後院有一個兩百來平方米的小花園，看樣子是給祖祖準備的休閒之處，他年紀太大，也不敢讓他到別的地方去。

傅盈從不知道周宣會武術，想想也有些離譜，在一起這麼久，周宣無論是動作還是言談中，都表示他不會武術，而魯亮一身硬功夫，可是連傅盈都害怕的！

傅盈和李俊傑都是練過武的，而且功夫非常了得，但跟魯亮比起來，還是有些懼意，因爲魯亮的硬功夫確實是到了登峰造極的地步，便是碰碰他的手腳都會讓人難受，猶如碰到生精鋼鐵一般。

傅盈想，自己尚且如此，周宣如何是他的對手？但這個意思是爺爺提出來的，瞧樣子，他還很堅持！傅盈心裏一驚，難道爺爺還是不喜歡周宣？對他好只是表面上的假象？實際上是想借機讓魯亮把周宣打傷打殘？

這其間的道理，只有周宣和傅天來明白。俗話說，解鈴還需繫鈴人，這個鈴也只能周宣自己來解，傅天來當然沒有周宣的本事。

從客廳中走出來，周宣一路在想，要用什麼法子，既能讓魯亮口服心服，又不用跟他真正對練。如果真要過招，那自己除了把魯亮弄傷弄殘，可就沒有別的獲勝辦法，而要拿自己的身體對抗魯亮的硬功夫，那也絕對是一碰即損！

其實魯亮心裏更是忐忑不安，雖然他渴望遇到頂尖的武林高手，但周宣在海盜山洞裏瞬間隔空點倒上百名海盜的場景仍然歷歷在目，那種神乎其神的功夫，簡直讓魯亮日日夜夜激動著，時時以跟周宣切磋請教爲希望，現在終於安全回來了，就跟傅天來請求了一下。

傅天來也很頭痛，周宣的奇異能力其實是應該隱藏好的，作爲傅家的欽定傳人，傅天來更有理由保護好這個孫女婿，但他也想，這事應該由周宣自己想個法子，讓大家消除心頭的疑惑才是最好。

傅盈扶著傅玉海坐在他專用的躺椅上。旁邊還有石凳，傅天來坐下後，傅盈和李俊傑就站在旁邊。

魯亮恭敬地對周宣說道：「周先生，請您點到爲止！」

周宣摸摸頭，瞧了瞧花園四周，見有座一人來高的假山，假山另一邊的尖角內，裝有一個水噴頭，用來淋花草的，自己面前則有張大理石的圓臺，一圈有四個石凳。

周宣的眼光最終落在了石凳上，心裏有了主意後，便對魯亮笑笑道：「魯哥，我有個想法。」

「呵，請說！」魯亮雖然緊張，卻不害怕，因爲他也知道周宣對他不可能像對敵手一樣出狠招，只是一心想著，周宣會怎麼展現他那神秘高深的武技，於是既緊張且興奮。

周宣指著面前的石凳說道：「魯哥，我練的功夫呢，太霸道，自己也把握不好，動不動就會傷人，所以我想，如果互相切磋的話，過個形式就可以了。這樣吧，我看就以這個石凳來做道具。」

「石凳？」魯亮詫道。這個石凳怎麼用？重量有百來斤，練力氣把它打破卻是有難度。畢竟，不管武功練到什麼程度，若只用肉軀之身，是不可能把重石打爛的。當然，除了薄石片石條之類的。

雖說魯亮的鷹爪功已經練到了超凡脫俗的境界，能生劈木頭竹子，但如要把這個石凳打爛的話，那他還無能爲力的。

在海盜島上周宣顯露的那一手，在魯亮看來，那就是接近傳說中的神秘功夫了，比如說是六脈神劍吧，這功夫就跟周宣施展的極爲相像，隔空點穴，勁氣傷人。

當然，魯亮並不知道，周宣其實至少要把海盜的手腳轉化吞噬掉的，但這樣就暴露了周宣的奇異能力，所以周宣只轉化了他們的腦髓，這樣，即使專家也沒有辦法檢查出他們的死因是什麼。

魯亮猜測不透周宣是什麼意思，當即走到石凳邊彎下腰，雙手抱著石凳踮了踮重量，估計在一百五十斤左右。抱石頭對他來說是小菜一碟。以前在山上練功都是用石鎖的，也是百來斤重，有的更重，但石鎖有個把手，比較好拿，而這石凳則是長圓形，不好提，只能用抱的。

魯亮輕輕嘿了一聲，雙臂一用力就把石凳抱了起來，抱到胸口時停留了幾秒鐘，然後舉到頭頂，上上下下舉了十幾次，挺有力的。

最後，魯亮把石凳舉到頭上，然後抽了一隻手，單手舉著，然後又用力往上一抛，將石凳抛了數米高，這一下把在場幾個人都嚇了一跳，不由得驚呼起來！

但魯亮卻是不慌不忙地用單手一接，石凳落下時，他右手微微往下一沉，隨即便穩住了。

直到把石凳放到地上後，魯亮才笑問周宣道：「周先生，是這個意思嗎？」

周宣不由暗暗稱讚，這個魯亮果然是好功夫，不說功夫吧，就這手力氣，自己就遠爲不及了。

魯亮問了，周宣笑笑也沒有回答，而是走到石凳邊，彎下腰，把左手五根手指彎曲成爪，讓冰氣從五根手指的指尖上透出。然後，他迅速將指尖接觸到的地方轉化爲黃金，並在同一時間吞噬掉，這個變化過程並不被人察覺。

在一旁的幾個人都睜大眼仔細瞧著，眼都不眨一下。此時，大家瞧見的是，周宣一下子就將五根手指頭插進了質地緊密的石凳中，好像石凳便是一塊豆腐一般酥軟！

傅盈和李俊傑都張大了嘴合不攏，傅天來倒是個明白人，但周宣在他面前顯露的才能卻是每一次都不同，這讓傅天來越來越覺得這個孫女婿很重要。

魯亮也看了個清楚。周宣的這一抓便跟他練的鷹爪功很相似，但爪的姿勢又有些不對。只是，周宣的這一抓，威力實在是太嚇人了！

魯亮在小時候就曾聽傳他功夫的師父說過，本門功夫練到最高深處，可以裂石斷鋼，但那始終只是傳說，就是他師父的師父們，也都沒有誰見到過！

周宣在手抓進石凳中後，再把冰氣運到石凳裏面，將石凳轉化成了網狀，嘴裏嘿的一聲，扮作很用力的樣子，左手一抖，石凳便在他手中裂成了數十塊小碎石！

魯亮驚訝到了極點！這一手要是用到他身上，那他還不跟這塊石頭一樣成了碎片？好在周宣一開始便提出用工具代替，這時他才覺出周宣的好意來！

魯亮怔了片刻，隨即拱手道：「周先生神力，魯亮自嘆弗如。」

傅盈的曾祖傅玉山就是個愛武習武的，在美國也全靠拳腳打出來這片江山底子。所以，傅玉海也頗爲贊成傅盈和李俊傑等兒孫習武，還專門請了名師教導他們。名師奇技他們見得

多了，但如周宣這般驚世駭俗的，卻是從沒見到過！

包括傅盈，也是驚愕不已。她可是一直跟周宣在一起的，可怎麼從來不知道周宣有這麼厲害的武功？之前周宣在她面前絕不是裝的，她瞧得出來，怎麼現在會變得這般離譜啊？

其實也不是周宣在傅盈面前故意隱藏，而是周宣在認識傅盈之後，冰氣的能力還沒有達到現在這個程度。在美國天坑水洞中，冰氣雖然大增，但周宣還不能吞噬掉黃金，不是說沒有那個能力，而是周宣還沒有發現冰氣的這項功能。

這個表演就只能點到為止，多了就會露馬腳。

周宣向魯亮笑笑道：「魯哥，因為你是爺爺的保鏢，是自己人，所以我也就無所謂，但我不喜歡在外面張揚，也不喜歡讓別人知道我會功夫，所以請你還要幫我保密一下。」

魯亮當即道：「周先生，您放心。魯亮絕不會亂說。」

其他就是傅天來、傅玉海、傅盈和李俊傑這幾個人，周宣自然不擔心，向傅天來說道：

「爺爺、祖祖，我們回屋了！」

傅玉海本來又想叫周宣陪他下棋的，但剛剛看見這麼一幕，讓他什麼都忘了，心裏還在驚訝著，與魯亮兩個人呆呆瞧著地上的碎石裂片。

傅盈趁機拉了周宣回到三樓房間裏，把門緊緊關上後，又拉著周宣坐到床上，然後一雙眼盯著他一眨不眨。

周宣聞著屋子中淡淡的幽香味，瞧著眼前如花一般的臉蛋，忍不住便將嘴湊上去想吻她，把昨晚沒幹成的事今天補回來。

但傅盈伸了手在中間一擋，周宣一下子吻到了她手。

傅盈哼了哼，問道：「你不跟我說說嗎？」

周宣笑笑道：「盈盈，我以前就跟你說過，我有些特別的能力，我也不想瞞你，可你那時不要我說！」

「我知道，那是以前的事，你不是能神不知鬼不覺的把我的傷治好嗎？在天坑洞底，我在暗河中給伊藤的水弩射傷了手，傷得那麼重，可晚上一覺醒來後，傷都好了，這便是在任何一家最先進的醫院中也治不了這麼快的！」

傅盈嗔道：「那個時候我就知道你有些特殊能力，可我還是擔心你，因爲我知道你沒練過武功，如果要跟人家動手的話，你肯定吃虧。在沖口，我們不是給一幫小流氓圍攻過嗎？那時我就瞧得出來，你肯定是不會武術的。回國後，在洛陽，在北京，在哪兒我都跟你在一起，知道你根本不會武功，所以這次我爸媽被綁架，我才不告訴你。」

傅盈一口氣說了這麼多，然後又搖了搖頭道：「但你現在，我真的瞧不懂了，你在騙我嗎？」

「盈盈！」周宣伸出雙手捧著傅盈的臉蛋，讓她正面對著他，然後沉聲道：

「盈盈，你知道的，你是我生命中最重要的人，我沒有任何事想瞞著你。我身上有些特殊能力，這事連我父母弟妹都不知道，我也不想說，因爲不想讓他們擔心，只想讓他們安安心心過日子就好了，可是你不同。」

傅盈掙了掙，然後強言道：「我有什麼不同？」

周宣嘆了一聲，然後才說道：「盈盈，我可以不理會任何事，但絕不能沒有你，因爲你是我要守護一輩子的人，我不會做任何對不起你的事，也不會騙你。」

傅盈神情有些恍惚，幽幽道：「你說的這些話就是爲讓我高興！」

周宣見傅盈臉色放鬆了，笑笑道：「盈盈，如果你不怕肉麻，我天天說這些話給你聽！」

「去你的，我現在就肉麻了！」傅盈忍不住笑，終於推開了他。

周宣也嘻嘻一笑，伸手拉著傅盈的小手，與她坐在一排，說道：

「盈盈，我告訴你，我其實身上沒有半點武技，我擁有的只是一種異能，我把它稱之爲冰氣異能！」

「冰氣異能？這是什麼東西？難道這世上真有什麼超能力嗎？」傅盈被周宣的話引起了極大的好奇心！

「是不是超能力我不知道，但是我知道，這東西是常人沒有的能力！」周宣說著，低頭瞧著自己的左手，又把左手伸到傅盈面前，說道：「盈盈，你看看，就是這隻左手獲得的異能！」

傅盈好奇地把周宣的左手抓起來仔細瞧著，只是半天也沒瞧出什麼來，問道：「哪裡有什麼不同？」

周宣笑笑道：「當然不可能瞧得出來。」說著就將冰氣運起，將丹丸冰氣迸發到手掌上，這一瞬間，左手立刻變得金光燦燦的！

傅盈一呆，將周宣的手掌翻過來翻過去地瞧著，不禁詫道：「你，你這手竟然還是黃金的？」

「當然是肉的！」周宣將冰氣縮回，左手掌迅速又變回平常的模樣。

傅盈詫異得不得了，又問道：「你是怎麼做到的？只能變顏色嗎？」

周宣搖搖頭道：「當然不只是變顏色，我猜想這個異能和黃金有關，因爲我的異能可以將任何物質轉化爲黃金的形態，但這個形態只能存在六個小時左右，六個小時後，被轉化的物質就會變回原來的模樣！」

「真的？」傅盈咬著唇，周宣的話太讓她驚訝了！

周宣淡淡一笑，瞧了瞧傅盈房間裏的梳粧檯上，很多小瓶小盒子的化妝品，左手一伸，隨便將她的化妝品盒子轉化了三四件，霎時間，梳粧檯上金光燦燦的。

傅盈起身走過去，把這幾件拿到手中一一查看，手中沉甸甸的，很重，顯然是真的黃金，再把蓋子打開，裏面的粉油之類也變得金黃一片，伸手指觸了一下，挖不動，顯然已經不再是原來的粉和油了！

周宣笑笑道：「盈盈，你別高興得過早，這種黃金形態只能存在六個小時，六個小時後，它們就會變回原來的模樣！」

傅盈怔了半晌，然後才傻傻問道：「可是，你這個轉變黃金的能力與治病治傷和武術有什麼關係？」

周宣嘆著氣說道：「盈盈，我這個冰氣異能就是可以治病和治傷的，而且很厲害，癌症槍傷等等醫院治不好的病，我都能治。但是冰氣也有個不好的毛病！」

傅盈怔道：「冰氣這麼厲害，會有什麼毛病？」

周宣皺著眉頭說道：「因爲這冰氣是吃黃金的，你想啊，拿黃金當糧食，有誰能夠供得起啊？」

傅盈詫道：「有這樣的事？」

「你瞧吧！」周宣左手一揮，傅盈手上的黃金盒子便在一瞬間消失了！

傅盈一怔，隨即又瞧了瞧梳粧檯上，那幾件被轉化成黃金的小盒子也都憑空消失了！

周宣又到梳粧檯上拿了一個玻璃瓶子，拿到傅盈面前，笑了笑，說道：「盈盈，你看！」說著就將五根手指頭插進了玻璃瓶中，取出手指後，瓶子上就是五個手指洞。

傅盈吃了一驚，這個就是剛剛在花園裏他跟魯亮較量時用的那一手，玻璃瓶沒有石頭整體性強，但硬度卻是比石頭要高，把玻璃瓶砸碎是易事，但要弄出圓滑而又讓玻璃不碎的洞來，那就很難很難了！

傅盈詫異道：「你是怎麼做到的？這不是武術又是什麼？」

周宣笑笑說道：「盈盈，告訴你吧，其實我只是把黏到手指的部分玻璃轉化爲黃金，然後再吞噬掉，這樣就出現了手指洞，很簡單！」

傅盈恍然大悟：「哦，原來是這樣啊，我明白了。」

看到傅盈癡呆呆地在發愣，周宣只笑著望著她，沒再說話。

傅盈想了想又問道：「那你在索馬里那個海島中，對那些海盜也是這麼做的？」

周宣滯了滯才沉聲道：「盈盈，在索馬里，我是生平第一次殺人。我把那些海盜的腦髓轉化成黃金吞噬掉了，這樣，即使用最先進的儀器也查不出他們的死因來。」

傅盈怔了怔，隨即握住了周宣的手，輕聲道：「周宣，對不起，我知道你都是爲了我，才做了這樣的事！」

周宣嘆了口氣，淡淡笑道：「盈盈，凡事都有個過程，那些海盜無惡不作，死了也是活該，沒什麼大不了！」

傅盈心裏感動至極，依偎著周宣，忍不住哭泣起來。

「怎麼又哭了？」周宣舔著傅盈臉上的淚珠，卻見她雖然哭著，但臉上卻有笑容，這個表情太古怪了。

傅盈自己擦了擦淚說道：「我不是傷心，我是高興的哭！高興也哭！女孩子的感情真是豐富啊。

周宣說道：「盈盈，你知道嗎，我這個奇特的能力，就來自跟你第一次相遇的地方，你知道是哪兒嗎？」

「第一次相見的地方？」傅盈想了想馬上道：「是沖口那個海灘遊樂場嗎？」

「嗯！」周宣笑呵呵地道：「就是那兒，你還記得不記得我游到海底時，你也跟著我游到海底，嚇了我一跳！我就是在那兒的一個小洞裏被一隻海龜咬了左手，才產生出了異能來。後來，你爺爺給我們出示的那塊石頭，就是我異能的來源！」

傅盈很是訝然：「我爺爺的那塊石頭？」

周宣繼續道：「現在，我的能量得到巨大提升，就是因為在天坑洞裏，我吸收到了那塊巨大金黃石頭裏的能量！」

傅盈吃驚之極，想了想卻又恍然：「哦，我明白了，你就是吸收了大石頭裏面的能量後才可以轉化黃金的，然後才把那些怪獸都變成黃金弄沉掉了？」

周宣點點頭，然後說道：「我就是看到你拿出爺爺的那塊石頭後，才決定要到那裏去的，因爲我想弄清楚我這能力的來源，雖然至今還是沒有弄清原因，但靠吸收那塊大石頭的能量，我的能量確實得到了迅猛增強，否則我們也出不了那個地方。唉，或許這就是天意吧！」

嘆息了一聲，周宣又道：「一開始我的能量很弱，只能探到一米之內物體的來歷和年份，在深圳時你是見到過的，我得到那塊極品翡翠，靠的就是冰氣的能力。只不過那時的冰氣相當弱，不能轉化黃金，更不能吞噬黃金！」

「哎呀！」一聽到周宣說的話，傅盈忽然驚呼一聲！

第九十六章

御賜聖旨

周宣走到劉清源身邊，瞧著桌子上的卷軸，
這才發覺這並不是一幅畫卷，而是一幅黃色綢緞，
兩邊是精美的繡紋花飾，綢緞上是毛筆小楷。
心裏突然升起一種熟悉的感覺，「聖旨」兩個字就冒出來了！

周宣嚇了一跳，趕緊問道：「盈盈，你怎麼啦？哪裡不舒服？」

「不是不是，你趕緊跟我去一個地方！」傅盈急急站起身，拉著周宣就往門外走。

周宣也不知道是什麼事，心裏七上八下的，到樓下甚至都沒跟傅天來說一聲，直接就出門了。

傅盈依然沒開車，到路邊攔了輛計程車，跟周宣一起上了車。

到車上，周宣拉著傅盈的手，瞧她走得雖然急匆匆的，但表情卻並不是很急，有些擔心地問道：「盈盈，到底是什麼事啊？」

傅盈這才嘻嘻笑著說：「我拉你去還債，欠了別人的債，得你去還！」

「哦！」周宣這才放了心，傅盈欠的債，他來還那是應該的，只要不是什麼讓人受不了的事就沒問題。

「那個劉老頭兒，你還記得嗎？」傅盈說道。

「劉清源？」周宣想了想道。

「就是那個我跟你一起去求過的劉大師，幫我雕刻翡翠的那個人！」傅盈提醒著他。

「哦，我記得了！」

傅盈的話讓周宣一下子就想了起來，第一次跟傅盈來紐約時，傅盈買了他的翡翠，準備給祖祖雕刻成玉器祝壽，但劉清源古怪的脾氣使得傅盈不得不把周宣帶去。傅盈的一時興起，卻是歪打正著，不想周宣靠著冰氣，輕而易舉就把劉清源的規矩破了，讓劉清源願意為傅盈雕刻。

周宣頓時笑了起來，原來傅盈要他還的是劉清源的債，呵呵，現在的他要跟劉清源品談一下古玩玉件，那還真不是問題。

到劉清源的地方也不遠，二十來分鐘就到了劉氏茶樓。

櫃檯後那個男人周宣還記得，傅盈叫他二師兄。

一瞧見傅盈，那個男人又瞄了周宣幾眼，然後對傅盈笑道：

「小師妹，老爺子來過電話，說是後天你要訂婚了？我們的寶貝小師妹也要嫁人了，太陽從西邊出來啦！就這小子啊？」

周宣淡淡笑了笑，倒是規規矩矩叫了聲：「二師兄好！」

那二師兄呵呵笑道：「叫我二師兄，那可得跟我握握手，呵呵，來，握個手！」

傅盈氣呼呼地惱道：「二師兄，你要敢整他，我就把你櫃檯裏的酒全砸了！」

傅盈知道，周宣根本不可能承受得了二師兄那虎爪手，而周宣又不能把二師兄的手轉化吞噬了，說到底還是周宣要吃虧，那如何能忍得！

二師兄卻是被傅盈的話嚇了一跳！傅盈可不是說笑的，這個小師妹自小脾氣就大，她本就是萬千寵愛集於一身的公主，又長得絕頂美麗，所有人都是把她捧在手心裏當寶一樣，所

以向來都是說一不二。她說要砸酒，那絕對會砸。於是，二師兄不禁心裏暗暗詫異，能得到小師妹如此青睞的男人，應該不是那麼普通的吧？

「老頭子在裏面，快去吧快去吧！」二師兄趕緊指著裡間，也不敢跟周宣握手了，別把小師妹嬌寵的脾氣惹發了，鬧起來他可收拾不了。

傅盈瞪著二師兄，哼了哼，站著卻沒走。

二師兄頓時哭喪著臉道：「小師妹，我錯了，二師兄給你認錯行不？」

「盈盈，別跟二師兄鬧了，咱們進去找你劉伯吧！」周宣又好氣又好笑，女人一旦愛上一個人，眼睛就跟瞎了一般，哪怕這個男人做的全是錯事，她們也會千般袒護，絕不讓自己的男人受半點委屈。

在周宣的印象中，傅盈可是個聰明又獨立的驕傲女子，可是現在爲了他，她處處放下了架子，卻把自己當成了生活重心。

聽到周宣說話了，傅盈才說道：「二師兄，暫時先放過你！」

看到傅盈拉著周宣的胳膊往裡間走，二師兄又是抹汗又是捶頭，小師妹幾時這般小鳥依人了？以前她可是比個男人還要男人，從不向男人示弱，也從沒把男人放在眼裏，今天可真是怪了！有空得找這個男人好好聊聊，學學他的經驗，看他是怎麼制服小師妹的！

其實，這種事就是周宣自己都想不明白。反正到現在，傅盈離不開他，他也離不開傅盈，倆人都能爲對方付出生命。

進了裡間，傅盈敲了敲門。門開了，探出頭來的正是劉清源。不過此時，他卻戴了一副老花鏡，見是傅盈，怔了一下才道：

「丫頭，怎麼是你來了？我老頭子正忙著呢，你祖祖的龍鳳件我也做好了，你還找我幹什麼？」

傅盈笑笑道：「劉伯，我帶他來給你還債啊！」

劉清源呆了呆，道：「你帶他來還什麼債？你幾時欠了我的債？」說著，又瞧了瞧周宣，這一瞧忽然一愣，忽然道：「是你？」

周宣知道他認出了自己，點了點頭道：「劉老您好！上次發生了些狀況，所以沒能來陪您，今天來補上！」

劉清源愣了一下，隨即一把把周宣拉進屋裏，叫道：「呵呵，快進來快進來！」

傅盈笑了起來，老頭子的天真跟個孩子一樣，喜歡的人就又說又笑的，不喜歡的就直言滾蛋，真正是個老頑童了。

進了房間裏，周宣瞧見屋裏還坐著一個相貌頗爲英俊的白人青年，年紀不會超過三十歲。

傅盈進了屋，一見到那個青年，眉頭立刻一皺。

那個人見到傅盈卻是驚喜異常，當即站起身說道：「傅小姐，你怎麼來了？」

傅盈淡淡道：「我想來就來，不想來就不來，難道還要向您彙報不成？」

周宣聽到那個洋人青年說的竟然是一口標準的中文，不禁有些意外，又見他站起身後，身高起碼一八〇以上，一下子很有壓迫感。而當他看見他瞧著傅盈的眼神中明顯流露出愛慕時，心裏對這個傢伙頓時沒了好感。

傅盈說的話其實是很沒禮貌，但此刻聽在周宣耳朵裏，卻讓他覺得很爽。

進得屋來，傅盈挨著周宣坐下，照例是摟著周宣的胳膊，樣子顯得很親熱。那個青年怔了怔，他對傅盈的無禮倒是不奇怪，因爲以前聽到的全是這樣的話，要是傅盈對他客氣一點，他反而覺得反常了，但看到傅盈和周宣親熱的動作，他不禁愣了！

這個青年是個美國人，名叫路易斯，出生於紐約的望族，從小天賦極高，在哈佛以極優異的成績畢業，與傅盈的大表哥喬尼是同學，但商業頭腦和手段比喬尼更強，同樣任職於家族旗下的風險投資基金公司，專職從事資金運作。

因爲喜歡傅盈，他還專門修習了中文。但傅盈對他毫無好感，從不假以辭色，這反而更讓路易斯對傅盈戀戀不捨，幾乎還動了非她不娶的念頭。

如果傅盈一直瞧不起任何男人，那路易斯也無所謂，但這一刻，他竟然見到傅盈對周宣如此親密，那關係就是瞎子也能瞧得出來。而偏偏周宣竟然還坦然受之，這讓路易斯幾乎是妒火熊熊，忍無可忍了！

路易斯當然不會直接對周宣發火了，生意場中，爾虞我詐弱肉強食的事他見得多了，也學到了不少手段，在他看來，要麼不打，要打，就要一下子把對方打死，不給對方留任何餘地。

周宣對路易斯自然也不想理會，生怕他會把傅盈搶走。但此刻，路易斯卻是出人意料地向他伸手笑道：「你好，我叫路易斯，做金融生意的，很高興認識你！」

周宣跟他握了握手，不動聲色地道：「你好，我叫周宣，中國人！」

劉清源已經在一邊攤開了一幅畫卷，對二人說道：「你們別美國人中國人的了，小周老弟，幫我瞧瞧這東西！」

周宣對劉清源還是很敬重的，劉清源一叫他，當即站起身來，走到劉清源身邊，瞧著桌子上的卷軸。

視線投在上面後，這才發覺，這並不是一幅畫卷，也不是書法，而是一幅黃色綢緞，兩邊是精美的繡紋花飾，綢緞上是毛筆小楷。

周宣沒去觀察綢緞的質地，但看到綢緞上的字時，心裏突然升起一種熟悉的感覺，「聖旨」兩個字就冒出來了！

在古裝電視中經常看到，太監拿著這玩意喊「聖旨到！」「奉天承運，皇帝詔曰」之類的話，於是，周宣拿起卷軸，背面呈現出了五色卷雲。

周宣笑了笑，問劉清源道：「劉老，這是聖旨吧？」

劉清源也呵呵笑道：「聖旨是聖旨，我瞧了內容，應該是唐明皇李隆基給平盧軍節度使的聖旨，平盧軍節度使就是安祿山了，這道聖旨的卷軸做工，綢緞的質地和年份都很似真跡，不過，我對古玩字畫不是很熟，所以也不敢肯定。小周老弟，你瞧瞧如何？」

周宣一直沒用冰氣來測，是想多多讓自己鍛煉一下。

劉清源又說道：「這個聖旨是路易斯從一個拍賣場中，以一百六十五萬美元拍回來的，因爲他對中國的文物字畫也不太懂，所以拿到我這兒來辨認一下！」

原來是路易斯的東西，周宣頓時感到很厭惡，原來愛屋會及烏，厭人也會及烏了！

其實路易斯這個東西是經過一些專家鑑定過的，肯定是真跡，能上拍賣場的東西，哪有沒經過專家的火眼金睛掃過眼的？

劉清源對古玩玉石瓷器是有很深造詣的，但對文物字畫就差了些，但也只是稍差，經驗還是不少，比起一般的玩家藏家那還是高得多。他用目測對這道聖旨做了鑑定，對綢緞的年分和聖旨的格式內容也都仔細比對過，基本確定是真品。

周宣還沒說什麼，路易斯就自己走過來了。他聽到劉清源很認真地請周宣來鑑定，心裏不免有些怨恨，在他看來，像周宣這麼年輕的人，能有多少文化底子?!

路易斯嘿嘿笑了笑，問道：「周先生，你對古玩字畫是有研究的，請問你是哪個學校畢業的?學什麼專業啊?」

路易斯問這個話，自然是要周宣出醜，因爲在學歷方面，他自認爲一般的年輕人肯定都比他遜色得多。

路易斯也確實看得很準。

周宣淡淡道：「我沒什麼學歷，只是高中畢業，對古玩字畫也只是愛好，瞎看看而已！」

路易斯聽到周宣自曝其醜，心裏頓時大爽，呵呵笑道：「呵呵，周先生，沒想到你只是高中畢業，連大學都沒有讀過!太不可思議了!沒關係，如果你不懂，我可以來教教你，告訴你我這寶貝聖旨的好處！」

周宣冰氣一出，探測了一下聖旨，心裏才有了底，隨即淡淡道：

「路易斯先生，不好意思，我想你是上當了，我雖然沒什麼文化，對古玩字畫也沒多少研究，但我們中國的文化，就算只有小學水準，那都要比你好。不客氣地說，你的這個寶貝聖旨一錢不值，你的一百六十五萬已經打水漂了。用我們中國話說，那就是打眼了，因爲它是個假貨！」

「我雖然不是中國人，但中國的文化我還是學到了不少！」路易斯倒是克制得住衝動，冷冷地說道：「你連高中的課程怕是都沒弄明白吧，大言不慚這句話不知你懂不懂？還有，你們的古話不是說，話不可以亂說嗎？這可是小學生都懂的，你不是高中生嗎，連這個都不懂嗎？」

看到路易斯攻擊周宣，傅盈當然不高興了，哼了哼說道：

「路易斯，周宣是我未婚夫，就算他是個小學生，那又怎麼樣？只要我喜歡就好，他懂多少關你什麼事！」

傅盈的話很打擊人，言下之意就是，你博士生又怎麼樣，我一樣瞧不起你！

路易斯的臉色一下子就變了，呼呼喘了幾口粗氣，本來他是一個城府極深的人，輕易不會暴露自己的本來面目，但傅盈公然說周宣是她未婚夫，那就等於是事實了。

他今年剛好三十歲，在傅盈十二歲時便愛上了她，那時他十九歲。十來年的愛戀忽然就被奪走了，以他這種極度自戀的性格，又如何接受得了？

周宣淡淡道：「盈盈，你坐好，別跟著瞎胡鬧，我可不是胡說，說他上當了，自然是有道理的！」

傅盈當即閉了嘴，周宣這樣說，表明他是有把握的，並不是跟路易斯賭氣。看著路易斯暴怒又囂張的樣子，傅盈很希望周宣狠狠打擊他一下，本來自己並不想怎麼對付他，但路易斯對周宣的輕視，讓她心裏很不好過！

劉清源當然就沒有想那麼多了。對傅盈、周宣這些小兒女的搞頭一點也不感興趣，只是聽到周宣說「這聖旨是假的」才嚇了一跳，趕緊湊攏了過來。

以他的經驗和底子，他覺得這東西應該是真的，而且是路易斯拍回來的，像這種有專家鑒定過的東西，通常是要經過很多次技術鑒定的。

周宣當即向劉清源說道：「劉老，您有刀沒有？」

劉清源愣了愣，隨即道：「有！」說著，從架子邊上的盒子裏，拿了一把細小的裁紙尖刀來。

路易斯見周宣拿了刀，這刀雖然細，但要弄傷人可是不成問題，難道周宣要對他動粗？不過，他的塊頭比周宣可大得多，打是不怕，只是自己赤手空拳的，還是退開了兩步。

卻見周宣伸手拿起那聖旨的右邊軸，把尖刀湊了上去。

路易斯不由得大叫道：「你幹什麼？弄壞了你賠得起嗎？」

傅盈當即站起身，冷冷道：「路易斯，不就是一百六十五萬嗎，放心，賠得起你！」

路易斯臉上青一陣紅一陣的，最終還是忍了下來，盯著周宣的動作。

周宣並沒有直接在聖旨上動刀，而是把聖旨右邊軸的卷展開來，對劉清源道：

「劉老，問題就出在這裏，這個聖旨卷軸的綢緞不夠長，剛剛到軸心這兒，包軸的這個綢緞是新品，兩頭包住軸，然後把聖旨的綢緞夾在中間，再用針線縫上的。這個綢緞的顏色差不多，但新了許多，雖然用做舊的辦法弄過，但仔細瞧，還是能分辨出一些不同的！」

劉清源和路易斯都是一怔，也顧不得賭氣了，路易斯可是花了一百六十五萬的本錢的，趕緊上前仔細瞧了瞧，但也沒瞧出什麼不同來。

劉清源也是，仔細瞧了一陣，依然覺得是一樣的。

周宣是用異能感知的，當然要比他們的肉眼來得準確得多，當下便將尖刀湊到綢緞縫隙處，將線頭輕輕挑出來，然後再用手輕拉，將線完整地抽了出來，這樣，包軸的綢緞就散了開來。

周宣把包軸的綢緞拿到手上，將綢緞弄平，露出內裏，劉清源便清楚瞧見了綢緞裏面下端五分處印有五個字，「杭州紡織廠」！

劉清源一下子愣住了，這五個字明白表示，這個聖旨是假的！

劉清源也知道，通常那些手段極高明的工匠做假時，是會留下一點點記號，以表達他們心中的那種身處高處的寂寞，但往往這些瑕疵又不是普通人能看得出來的，於是便有了高手寂寞，孤獨求敗的那種心態。

路易斯也是呆了半晌沒說話，爲了傳盈，他可是專門修習了中文課程。那五個字他當然認得，也懂得是什麼意思，但確如周宣所說，他上當了。一百六十五萬美金啊，只買了個假東西！

雖然心裏還是瞧不起周宣，但周宣的眼力無疑讓他不得不低頭。劉清源都沒能瞧出這東西是假的，這東西又是經過無數專家鑑定過的，他們絕不會把假貨當真貨推薦的，當然，這也就說明，他們也被騙倒了！

而周宣的做法也很穩妥，他只是把右軸的線頭挑了出來，事後，路易斯還可以繼續用這線頭把包軸縫起來做回原樣。

而路易斯更難忍受的是，如果周宣如他所說的，只是一個高中生，那就更是從精神到肉體，都狠狠羞辱了他一把！

自己一個無所不知的世界頂尖學府的博士生，竟然會像傻瓜一樣被假貨騙了錢，自己想追求心儀的女孩，卻一直被人家冷言冷語，從來沒被女孩正眼看過；而眼前這個連大學都沒有上的傢伙，不僅一眼就能看出自己奉若至寶的「聖旨」是個假貨，而且竟然將一向驕傲至極的傅盈弄得心悅誠服，這不是太傷自尊了嗎？

周宣沒有再說話，只是淡淡站到了一邊，一副此時無聲勝有聲的表情。

路易斯面色鐵青，再也沒有開始時的冷靜，咬著牙，捧起「聖旨」放進箱子中，倒是沒忘把包軸線也塞進去，然後對劉清源做了個告辭的手勢便離開了。

劉清源倒是有些歉意。路易斯走後，劉清源趕緊笑呵呵地拉著周宣坐下，說道：

「小周老弟，幾月不見了，你更精進了啊，呵呵，我老頭子是真自嘆不如了！」

傅盈自從知道了周宣的秘密後，更是對周宣信心百倍，想必以後也沒有什麼事能難倒愛郎了，對於劉清源的嘆服，更是比周宣自己都高興。

劉清源燒了壺水泡了茶，茶具都是配套的紫砂，茶葉是珍藏紅茶。

周宣如今可是有耐心多了，慢慢跟劉清源品茶聊天。其實他有很多經驗都是從冰氣來的，但卻比高手的經驗更準確。劉清源聽得心癢難搔，本是模模糊糊的時候，卻給他一針見血指出要點，便如同一個邪派高手一般，所習的武功都是匪夷所思，但最後卻同樣達到了巔峰！

傅盈不愛喝茶，但因爲周宣，倒也耐著性子跟著喝了幾杯，又聽著周宣跟劉清源大聊特聊，吹了個天南地北的。

隨後，劉清源又拉了周宣到內間瞧他的珍藏品，周宣無一例外地指出了真品的珍貴之處，以及贋品的假處，還鑒定出了幾件劉清源一直以爲是真品的贋品。

劉清源更是陶醉不已，直是拋了年齡身分，把自己當成了周宣的徒弟一般，真想把周宣的腦袋一下子掏個空。

不過，周宣真正的底子可是來自於他那冰氣異能，劉清源又如何掏得走。辨認鑒定劉清源的古玩件時，書本知識只是輔助，只要道理通了，便能說得過去，畢竟假東西就是假東西，永遠冒不得真貨。

傅盈又好氣又好笑地瞧著這一老一少談得忘乎所以，本來是拉著周宣來還這個債的，但周宣也太投入了，竟然忘了自己這個女友還跟著呢，女孩子是最不願受冷落的，忍不住就咳嗽了幾聲。

周宣聽到傅盈的咳嗽，怔了怔，這才發覺傅盈也在一起，在劉清源這兒起碼待了四五個小時以上了吧，趕緊說道：「劉師伯，時間晚了，我們得回去了！」

劉清源一擺手，順口道：「別走，我不是劉師伯，我是你徒弟，你是我周師傅！」

聽到劉清源爲老不尊，傅盈惱道：「劉師伯！」

劉清源一怔，這才明白自己順口而出的話大有毛病，當即訕訕地道：「盈盈，再讓這小子陪我一會兒，就一會兒！」

傅盈也正正經經地道：「好，劉師伯，五分鐘可以吧？現在是六點十分，六點十五分就走！」

劉清源頓時呆了，又奈何她不得，只得拿眼瞧著周宣。

周宣忘形歸忘形，但絕不會忘了傅盈，笑笑道：「劉師伯，我有空再來陪你，今天也晚了，您早點休息吧！」

傅盈立時笑吟吟地站起身，笑靨如花。

劉清源無可奈何地嘆了口氣，嘀咕著：「都是些娶了媳婦就忘了娘的傢伙！」

傅盈正要說，周宣趕緊拖著她往門外走，一邊走一邊對劉清源道：「劉師伯，我們先走了，以後有空就過來陪您！」

在櫃檯處，二師兄笑呵呵地道：「小師妹，你這位朋友來了，二師兄說什麼也得招呼一頓吧，到雅座，到雅座！」

「不啦，下回來再狠狠宰二師兄啊！」聽到二師兄對周宣客氣了，傅盈口氣也和善多了。

第九十七章
另類療法

一家子人這時候都圍了上來瞧著，
除了傅天來和傅盈有信心外，其他人都覺得周宣是在胡鬧。
像李陶這個傷，是得到醫院裏開刀動手術的，
這樣才能把碎骨取出來，
可不是隨便拿點藥抹來抹去就能治好的。

在上計程車時，傅盈特別叮囑了周宣：「回去吃過飯就說頭痛，不要跟祖祖下棋，祖祖年紀大了，體力又不好，一下棋就忘時，又弄到三更半夜的，把祖祖累壞了可不好。」

說得也是，周宣雖然將傅玉海的老化機能激發改造了一番，但畢竟老人家已經一百歲高齡了，不管怎麼激發，都不可能跟年輕人相比，就算年輕了二十年，依然還是八十歲的高齡，如何能像年輕人那般做事？

周宣摸著腦袋笑笑說：「一跟祖祖下棋就忘記了，好，今天一定不跟他下棋了，我就說頭痛！」

回到傅宅，開門的不是王嫂，是魯亮，在監視器中見到是周宣和傅盈回來了，趕緊出來開門。

魯亮恭敬敬地說道：「大小姐，周先生！」

周宣笑笑拍拍他的肩頭：「魯哥，我可比你小得多，叫我小周或者周宣就好，別叫周先生，聽起來彆扭！」

魯亮呵呵直笑著，周宣的個性很討人喜歡，練武的人就喜歡這種直爽。

在客廳裏，傅天來、傅玉海、傅猛、楊潔、李俊傑都在，還有一個四十多歲的婦女，有一種雍容華貴的氣質。另外還有個四五十歲樣子的男子，不過是坐在輪椅上，顯然腿腳不方便。

傅盈看見這兩個人，喜道：「二姑、二姑父！」隨即拉過周宣說道：「周宣，這是我二姑姑和二姑父，是俊傑表哥的爸媽。二姑父，你的腿怎麼了？」

傅盈的二姑叫傅箏，二姑父叫李陶。李俊傑的電話打回去後，昨天晚上他們便搭乘了客機過來，今天下午六點鐘剛到。

傅箏拉著傅盈的手，上上下下瞧了一遍，說道：「盈盈，怎麼好像瘦了些？」

傅盈的確是瘦了，最近這段時間顛沛流離、出生入死，可累得不輕。

「哎，盈盈，」傅箏嘆了一聲，又道：「你二姑父當真是禍從天降啊！前一個月出了車禍，一雙腿粉碎性骨折，醫院檢查治療過後，右腳小腿骨傷得尤其厲害，把扎到肌肉裏面的骨刺取出來後，骨節短了一寸。醫師介紹的治療方法是在骨節上打上鋼釘，但腿骨短一寸，走路就會有影響。醫生這麼說，其實就是說你二姑父瘸了。這次來紐約，順便到這邊來復診一下，看看有沒有醫治的方法！」

李俊傑是在李陶身後扶著輪椅的，跟傅箏一樣，也都愁容滿面。傅天來和傅猛父子都在考慮到哪家醫院去治療。

不過，李陶自己看起來倒是無所謂，笑呵呵地道：

「你們愁什麼呢？我都快五十歲的人了，瘸就瘸吧，我可不想在腿裏釘鋼釘什麼的，反正兒子也大了，一家人多在一起聚一聚不更好嗎？」

傅天來皺著眉頭慍道：「你這是什麼話？我來安排吧，紐約幾家最好的醫院我都熟，現在的醫療技術這麼好，就算裝個鋼釘，這個手術也很簡單，沒什麼好擔心的！」

「是啊，二姑父，自己的身體怎麼能不關心呢，就聽爺爺的。」傅盈對這個二姑感情特別好，所以自然也關心二姑父了。

「盈盈，盈盈！」

傅盈聽到周宣在輕輕叫著她，又伸手拉著她的衣襟，回身瞧著他問道：「什麼事啊？」

周宣低著聲悄悄說：「盈盈，我，我能治好你二姑父的腿。」

傅盈怔了怔，隨即才想起周宣的冰氣能力來，不由得又是一喜。是啊，怎麼就忘了周宣呢，當初在天坑洞底中，自己手腕被伊藤的勁弩刺穿了，周宣就在不知不覺中把她的傷治好了，自己甚至沒有一絲半分的感覺。

周宣在傅盈的二姑傅箏說了李陶的事後，便暗暗運起冰氣，探測了一下李陶的腿，左腿稍好一些，時間夠了就能恢復，但右腿就嚴重多了，骨頭短了一截，而且還有幾顆碎骨渣，應該是上一次手術沒有做完整。如果自己用冰氣的話，倒是可以給他激發體能，讓他的骨頭再生長出來，而且也能把碎骨渣轉化再吞噬掉，這都不是難事。

傅盈正要直接說出來，忽然又想起周宣的這個秘密可不能隨便透露，就算是自己最親的人，那也不能說，說出去，可能會給周宣帶來極大的麻煩。得想個好法子，既能給二姑父治好病，又不洩露秘密。

傅天來也正在考慮著要將李陶送到哪家醫院治療，傅盈便對他說道：

「爺爺，周宣會一些中醫，不過有些藥放在了昆斯區別墅，明兒我去拿過來。就讓周宣給二姑父治一治吧，說不定他能治好呢，也就不用轉來轉去的了。」

傅天來聽傅盈忽然這麼一說，愣了愣，隨即又想起周宣的特殊能力，心中一動。

傅天來瞧了瞧周宣，見周宣緩緩點了點頭，傅天來當即一喜。周宣有這個意思，就是肯定能治了。傅天來當即說道：

「李陶，我看就這樣吧，就住在家裏，等明天盈盈去把藥拿來後，讓周宣先給你治一治。」

李陶對岳父的威嚴向來是很畏懼的，雖然不願意，但卻不敢說什麼反對意見。在傅家，傅天來就是天，他說的話，除了傅盈外，從來沒有人反對過。不過，這是因爲傅盈年紀小，一家人都寵著她，護著她。

傅箏可就不願意了，到底她是傅天來的親生女兒，有些話還好說一些，惱道：

「爸，盈盈是個孩子也就罷了，你怎麼也跟著起鬨呢？俊傑爸的病這可是大事，治不好就殘廢了，怎麼能由個孩子來瞎折騰呢？」

傅天來眼一瞪，哼道：「是不是嫁出去的女兒就是潑出去的水了，你就不姓傅了，我就

管不得你了？」

李陶趕緊打圓場道：「爸，好好好，我就在家，明天由這個小周來給我治吧！爸也是一番好意嘛，傅箏，別跟爸生氣，大家不都是想我的腿早點好嗎？也不會是想我不好，是吧？」

這個倒是，傅箏心裏想著。儘管父親比較威嚴，不聽別人勸，但對自己和李陶還是疼愛的，絕沒有要害他的道理，也就默不作聲了。心想，那就明天讓盈盈那個未婚夫折騰一下吧，反正一家人瞧著，他也不能太過分。大概也就是做做樣子，等上個一天再去醫院也無所謂，反正都折騰了一個多月了，也不在乎多這麼一天。

「爸，好吧，明天盈盈去拿藥回來就讓他隨便看看吧，後天也不去醫院，後天不是盈盈的訂婚禮嗎？」

傅箏一邊說著，一邊又計算著，後天是傅盈的訂婚禮，說什麼自己這個姑媽都是要參加的。

傅箏這話的意思很明顯，明天讓周宣隨便看看後，等他們的訂婚禮一過，還是要到大醫院治的。

傅天來也懶得在這個時候跟傅箏理論，說太多也不好，反正他們也不會相信，這事只要周宣拿了藥做掩飾，把李陶的腿治好後就算完了。

王嫂的飯菜做好了，李俊傑動手推著父親的輪椅到了餐廳裏，周宣才見到長長的紅木餐桌上擺滿了菜肴。

菜雖然多，但全是中國菜，辣的，不辣的，葷的，素的，菜式各式各樣，而餐具也全是按中國的習俗，用碗筷。

最上席坐的當然是傅玉海，挨著他，左首就是傅天來，接著卻是傅盈挨著爺爺，再過來是周宣，對面是李陶和傅箏，再過來是傅猛和楊潔夫妻，李俊傑倒坐在了最後面。

傅天來很高興，心情也好，而且老太爺傅玉海似乎精神也旺盛。不知道是不是因爲一家人團聚的原因，老人心情特別好，興奮得讓王嫂開了瓶二十年的酒，給全家大小都倒了一杯。

杯子其實比大拇指大不了多少，不要喝多少，傅天來只是要這個一家人團圓的氣氛。

傅玉海喝了一杯，皺著眉頭問道：「一家人都在的日子，我覺得就像過年一樣，遠的近的都到了，怎麼本兒和喬尼沒有來？」

傅天來遲疑了一下才說道：「傅本有生意上的事到國外去了，可能還會有一段時間才會回來，喬尼也去了香港，短時間回不來的。」

喬尼和傅本母子的事情，家裏一直是瞞著老太爺的，李俊傑也沒有跟他父母提起過，總

歸這是一件令親人傷心的事，能不提就不提。

傅天來雖然說得嚴厲，但卻是不忍心一巴掌把喬尼打到絕境，只是斷絕了他的財源，讓他品嘗一下落魄的滋味。

一餐飯吃完，王嫂又端了水果出來，周宣挑了一個小香梨，又脆又甜。吃了水果後，傅盈就悄悄拉扯著他的衣襟。周宣瞧了瞧傅盈，只見傅盈的眼光悄悄向傅玉海瞄了瞄。

傅玉海精神抖擻的樣子，時不時瞧著周宣。周宣這才明白傅盈的意思，從劉清源那兒回來，傅盈已經叮囑過他了。

周宣想都不想，趁著祖祖沒有開口之前，趕緊撫著頭皺著眉頭道：「盈盈，我有點頭痛，我還是去休息一下吧！」

別人倒沒有什麼意外，傅天來和傅玉海父子卻都是一怔。傅玉海顯得十分失望，傅天來卻是挺意外的，周宣有那麼奇特的能力，又怎麼會頭痛？

不過，瞧了瞧老父親的表情，又瞧了瞧周宣跟傅盈詭異的表情，傅天來立即便明白了，老父昨晚跟周宣下棋下到了凌晨三點，今天破天荒地睡了一回懶覺，十二點才起了床，自己都在埋怨著，盈盈跟周宣怎麼跟老爺子玩成這樣了呢？

傅天來明白到周宣的意思，趕緊說道：「周宣，快些到樓上房間裏休息休息，得養好精神，後天就是跟盈盈的訂婚儀式，可不能誤了事！」

得了傅天來的聖旨，傅盈拖著周宣的手就往樓梯上奔，而傅玉海老臉上滿是遺憾的表情。

一想到祖祖這副表情，傅盈就好笑，一路笑一路拖著周宣往樓上跑，跑進三樓周宣的房間裏時，已經是上氣不接下氣了。

「盈盈，你太壞了！」周宣笑著，伸指頭輕點了點傅盈的額頭。

傅盈順勢躺在了床上，伸手抓著周宣的手指就往嘴裏塞，笑道：「咬斷了，看你還怎麼點我！」

周宣由著傅盈拉過去咬了一口，尖叫道：「啊喲，斷了斷了！」隨即翻身過去用身體壓著她，笑道：「盈盈，這下你慘了，我殘廢了，沒人照顧你了！」

傅盈推了他一下，沒推動，笑罵道：「去你的，哪裡殘廢了，拿來給我瞧瞧？」

周宣把舌頭伸出來湊了過去，說道：「你把舌頭咬斷吧，咬斷了就拿給你瞧瞧！」

「無恥，無賴！」傅盈給周宣壓在身上，忽然有些害羞了，閉了眼不敢看周宣，溫柔地罵了兩下，聲音卻是越來越低了。

周宣瞧著傅盈嬌美的模樣有些呆了，輕輕念了聲：「盈盈，你好美！」說著把嘴伸了過去。

卻在這當口，李俊傑急急竄了進來，說道：「周宣，問你個事！」一踏進門就見到周宣要吻傅盈，「哎呀」叫了一聲，便停了腳步。

周宣和傅盈都嚇得一下子彈了起來，紅著臉各自坐到床的另一頭。

李俊傑說道：「怎麼眼睛裏進了沙子，哎呀，好難受啊，周宣，來幫表哥吹一吹好不好？」

李俊傑這個謊話說得周宣跟傅盈都笑起來。

傅盈羞了一下，隨即站起身叉了腰，惱道：「眼裏進了沙子是吧，過來，我幫你吹！」

李俊傑見勢，捂著臉轉身就往門外竄去，邊跑邊叫道：「不行了不行了，表妹，我要去醫院瞧瞧，這顆沙子太大了！」

傅盈叫道：「表哥，你要出去亂說，我就要你好看！」

李俊傑要問的話沒有問到，結果眼裏進了兩顆大沙子跑了。

周宣側臉瞧了瞧傅盈，傅盈惱怒的表情還沒消失，周宣一瞄向她，她臉上的紅暈又上來了，剛才的羞意又出現了。

本來是想跟他好好吻一場的，但給表哥冒失地衝出來打斷，再也沒有那份心情了，不禁是羞意難擋！

現在，傅盈幾乎連脖子都紅了，在周宣的注視下，慌亂地往門外竄去。慌亂中，竟然在門口又撞了一下！

周宣只是皺眉，對傅盈又是愛又是憐，傅盈也太害羞了，一連兩次都在這個門口撞到了，她不痛自己還心疼呢！

來傅宅只住了兩晚，傅盈的房間他還不知道，剛剛聽腳步聲，傅盈並沒有下樓，應該也是在三樓的某一個房間吧。

周宣運了運冰氣。這幾天的休養，讓左手的冰氣異能幾乎恢復到最佳時期，而且似乎還更精進。

運轉了幾遍後，周宣把冰氣毫無限制地放了出去，剎那間，以自己為中心直徑十五六米範圍內的動靜都清晰地出現在腦子中。

傅盈的房間與周宣的房間隔了一間，在右面第三間。這個時候，傅盈正坐在床上發著呆，她的額頭上，還有一些紅腫！

傅盈呆坐了一會兒，脫了鞋坐到床上，雙手托著腮。

周宣微微一笑，運起冰氣，在傅盈體內運轉了幾遍，把她額頭上的紅腫消除了。瞧著她的樣子，真是又心痛又歡喜。嘆息了一聲，隨後收回了冰氣。

第二天一大早，周宣就起了床，下了樓後，王嫂告訴他，老爺安排的裁縫正在客廳裏等

候。

周宣到客廳裏後，傅天來和傅玉海都在，還有一個二十七八歲的洋女人。

傅盈正跟她說著什麼，看到周宣進來後當即招手道：「周宣，快過來，爺爺安排的裁縫師傅過來了，趕緊量一量，明天趕著要呢！」

周宣走了過去，笑笑道：「幹嘛還要請到家裏來，這麼麻煩？到外面服裝店買現成的不就好了？」

「爺爺安排的，你問那麼多幹嘛！」傅盈笑吟吟地道，「天大地大，爺爺最大！」

傅天來笑罵道：「就你這丫頭最不聽話了，還爺爺最大，你幾時聽過爺爺的話了？再說，爺爺又不是獨裁者，把爺爺說得那麼厲害！」

傅盈伸了伸舌頭，笑道：「說錯了，祖祖最大，比爺爺還要大！」

傅玉海頓了頓腳，哼道：「祖祖要是最大，你怎麼把你的小朋友叫走，不讓他陪祖祖下棋？」

這一下，周宣和傅盈臉都紅了，周宣訕訕不好意思，傅盈卻是強辯道：「祖祖，昨晚周宣頭痛呢！」

「頭不頭痛，祖祖心裏有數！」傅玉海哼了哼，生氣地說著。

傅盈不幹了，跑過去摟著傅玉海的胳膊搖著，嗔道：「祖祖，不許你生周宣的氣，讓他不下棋是我的主意，不干他的事。祖祖，你要再生氣，我也生氣了！」

傅玉海忍俊不禁，笑道：「我不生他的氣，我是生你的氣，你這個丫頭！」

傅盈嘆了口氣，幽幽道：「哎喲，我就是我們家的出氣筒，誰有氣就要撒到我身上，我好命苦！」

李俊傑這個時候剛好進了客廳，聽到傅盈的話，哈哈一笑道：「盈盈，你命苦？你是出氣筒？我看你就是家裏的魔星，別人不受你的氣就是萬幸了，你還會受氣？」

「表哥！」傅盈氣呼呼地叫道，「表哥，跟我到後院去！」

李俊傑雙手直擺，一下子竄到傅天來背後，急急地說道：「不去，打死也不去！」見傅盈氣呼呼地衝他走來，又道：「昨晚我到周宣房間裏……」

傅盈一呆，隨即滿臉緋紅，站住了腳步，李俊傑要是把昨晚看到她跟周宣的事說出來那可就羞死人了！

周宣正被那個洋女人量著身，聽到李俊傑的話也不由得心裏一跳，偷偷瞄了瞄他。

傅天來笑了笑，見到傅盈也有臉紅吃癟的樣子，不禁好笑，問道：「昨晚你到周宣房間幹什麼了？」

傅盈咬著唇，一雙俏眼凝神盯著李俊傑，生怕他說出來，又急又羞的樣子。

李俊傑呵呵笑著，然後又一本正經地道：「昨晚我找周宣談事情，誰知道一進他的房間就飛了兩顆大沙子進了眼，哎呀，好大兩顆沙子啊！」

傅盈一聽，倒是稍稍鬆了一口氣，誰知道李俊傑又說道：「表妹，我聽說眼裏進了沙子會長針眼，你說這個……」

「表哥！」傅盈發了嗔，使勁跺了跺腳！

周宣量完了身後，臉上倒是鎮定了些，瞧瞧傅盈那個嬌羞勁，反而覺得有趣，笑道：「俊傑表哥，你長針眼了？我在深圳有個叫楊薇的朋友最會治這個病了，有空我叫她來幫你瞧瞧？」

「嘿嘿！」李俊傑當即閉了嘴，老老實實地待在了一邊。

傅盈心裏樂得跟花一樣，心裏想著，原來周宣可不傻，上次只是隨便提了一下，他就記在心裏了，楊薇一直喜歡李俊傑，可這個表哥似乎對女孩子不感興趣，一心就是探險、遊玩，爺爺也老是罵他，說他不務正業，一點也不像喬尼大表哥！

一想到喬尼，傅盈心裏又嘆息了一聲，李俊傑雖然看起來玩世不恭，但心機卻不深，對錢財的追求也不那麼強烈。一直聽他說，老爸賺的錢就夠他幾輩子也花不完了，外公還給了股份，他天生就是個享福的命，錢夠用了就好，又何必那麼拼命？

那時候，大家都罵這個表哥，說他不成才不成器，只知道玩樂，但現在看起來，卻未嘗不是一件好事。按他自己說的，反正家裏也有夠用的錢，玩就玩吧，像喬尼大表哥那樣拼命工作，卻是一心鑽到了追求名利的欲望中，直至連至親的人都能下毒手，難道這就是成才了？

李俊傑表情有些尷尬，走到周宣身邊，低了頭輕輕說道：「一直以為你是個老實人，原來你是裝的啊！」

洋女人量好了周宣的身材，向傅天來恭敬地告辭，然後又嘰嘰咕咕跟傅盈說了幾句後才離開。

傅盈說道：「爺爺，她說店裏有現成的幾套合適，明天可以送來，訂做的幾套需要一個星期的時間。」

傅天來擺擺手：「這是她們的事。盈盈，你一大早出去，把藥拿過來了嗎？」

傅盈笑吟吟地把放在桌子上的一個小包拿起來說道：「拿過來了，等二姑父起來就可以治療了！」

周宣接過來打開瞧了瞧，咬著唇忍住了笑，這袋子裏裝的是十來顆那種黑糊糊的土治跌打丸，有股濃烈的中藥味。這是傅盈跑到劉清源那兒找二師兄要的。他師傅是武館館長，自然常年備有這些跌打損傷丸。

藥不能亂用，只不過正好替周宣做了遮掩。

李俊傑倒是有些奇怪，問道：「周宣，你會治病？這倒是沒見過！」

周宣笑笑道：「我師傅是武當山的一個老道士，我跟他習過一點武，還學了些治病的醫術，勉強過得去吧！」

正說時，李俊傑的媽媽就推著丈夫的輪椅出來，見家人都在客廳裏，便淡淡道：「都在啊，那正好，就讓周宣給他二姑父治治吧！」

傅箏是擇時不如選時，她趁一大家人全部都在的時候把李陶推出來。大家都在盯著，周宣即使胡鬧，也不敢太過分。

傅盈是見過周宣幫人治療的。記得是在洪哥家裏，不過周宣每次都是把人帶到房間裏單獨治療，不知道現在他是不是還要這樣呢？或是就在這客廳裏？聽二姑的口氣，她是想要周宣在客廳裏對著眾人治療了。

周宣如何聽不出來？不過，冰氣的異能在表面上也瞧不出來，這個腿傷也好治，在不在房間裏，結果都是一樣的。

既然二姑要在客廳裏就在客廳裏吧，如果在客廳裏治好了，大家還會認爲他神奇。八成她是擔心自己瞎胡鬧，把二姑父的腿弄得更糟吧！

周宣微微笑了笑後，說道：「二姑父來了，那就在客廳裏吧，也比較方便。」說著轉頭對王嫂道：「王嫂，家裏有沒有軟墊？」

王嫂趕緊道：「有有有！」李俊傑也趕緊過來幫忙，倆人搬了四個過來。

周宣笑笑道：「用不著這麼多！」

周宣搬了兩個軟墊並排放到李陶面前，把他的兩條腿輕輕抬起，放到軟墊上。

李陶腿上還纏著繃帶，本來以周宣的能力，這樣也可以醫治，但周宣覺得，這樣會太讓人詫異，藥都不上。

「二姑，因爲要上藥，必須先把繃帶剪開，要露出腿來才能醫治！」

怕自己手腳不靈活，弄痛了李陶，所以周宣讓二姑自己動手，她跟李陶是夫妻，默契一些。

說實話，傅箏確實不想讓周宣胡鬧，現在把繃帶拆了，藥又沒了，這樣一弄，等一下那還不得又要跑到醫院去上藥啊，弄來弄去的都是丈夫受罪。

傅箏想了想，拿眼瞧了瞧父親，但傅天來面無表情，沒有一絲反對的意思。這本來就是他同意的事情，如果現在自己再說話，怕是他要發怒了。

傅箏也有些無奈，如果是侄女侄子兄弟說的還好，自己爲長，不同意就不同意，但父親說的話卻是沒法反對，父親一直是個極其嚴厲的人，怎麼會也跟著孩子們瞎胡鬧呢？

只是生氣歸生氣，傅箏卻知道反對不得了，只得拿著剪刀，小心翼翼把丈夫腿上的繃帶

剪開，且先只把左腿剪開，因為左腿的傷勢要輕微得多，要動一動的話，那也承受得住，要是看著情形不對，那就不讓他弄了，想必父親瞧著也不會再反對了吧。

李陶的腿是浮腫的，繃帶剪開拆除掉後，腿上全是藥膏。周宣又要了一隻碗，一瓶酒。傅家的全是好酒，周宣在碗裏倒了酒，然後把傅盈拿回來的藥丸放進去，調成了漿糊狀。

傅箏則依了周宣的吩咐，拿了一塊小竹片，輕輕把丈夫腿上的藥全刮下來，之後便問周宣：「現在是不是要把你的藥塗上去？」

周宣搖搖頭，說道：「不用，二姑，你讓一下！」

等傅箏讓開了些後，周宣就把左手伸到碗裏，沾了上調成漿糊狀的藥膏，然後把手伸到李陶左腿上，好似按摩一般在他腿上按了起來。

一家子人這時候都圍了上來瞧著，除了傅天來和傅盈有信心外，其他人都覺得周宣是在胡鬧。像李陶這個傷，是得到醫院裏開刀動手術的，這樣才能把碎骨取出來，再在腿骨上植入鋼釘，可不是隨便拿點藥抹來抹去就能治好的。

周宣暗地裏早運了冰氣到李陶腿上，李陶左腿上的傷不算太重，只要時間恢復，自然會好，只是右腿的傷嚴重得多。

左腿的傷也不用冰氣轉化碎骨，周宣直接便用冰氣激發了李陶腿傷處的自癒機能，再刺激生長細胞極速重生，冰氣過處，傷勢飛速恢復。

李陶皺了皺眉頭，左腿顫了顫，說道：「我腿裏面好癢，像蟲子抓，癢得難受！」

周宣笑笑道：「二姑父，你忍耐一下，這只是肌肉吸收了藥，在恢復傷勢，是正常現象，忍一下，過一會兒就好了！」

傅箏有些發怔，丈夫這個表情不是痛楚。聽了周宣的說法，似乎也頗有些像那麼回事，但就這樣抹點外傷藥就能治好腿了嗎？這也太難讓人相信了！

周宣自然沒去理會傅箏，這個傷要比治療老爺子的病症輕鬆了百十倍。將手塗了藥，一下一下運著冰氣給李陶的腿部猛烈刺激後，大約過了六七分鐘，周宣便收回了手。

李陶左腳的傷勢基本上是恢復了，而李陶這時候也覺得，從骨子裏傳來的那種搔癢已經消失了，臉上的難受勁也就沒了。

眼見周宣坐回椅上沒動靜了，心道：就這樣就完事了？

第九十八章

情敵出糗

只聽「喀喀」的幾下，兩人的皮帶都斷成了數段，
紛紛掉到地上，同時，他們的褲腰也鬆了，
就在周圍人的注視下，兩人的褲子剎那間同時掉落到地上！
有趣的是，路易斯竟然還穿著一條透明的大紅色內褲！

周宣指著李陶的左腳說道：「二姑父，你動一動，試試現在好些了沒有？」

傅箏自然是不相信，丈夫這兩條腿一直是不能動的，稍稍動一下便會劇痛，難不成周宣抹了幾下藥就能動了？

腿是李陶的，周宣說了這句話，李陶還是將左腿稍稍動了動。在之前，動一下都是要命的痛，但現在動了半天，也沒有疼痛的感覺。

「咦」了一聲，李陶隨即稍稍用了點力，將左腿抬了起來，腿懸在空中，又晃蕩了一下。李陶這個動作，自己還沒覺得什麼，但站在旁邊的傅箏卻是驚得目瞪口呆！

丈夫的腿傷，一直是她最揪心不過的，雖然過了一個多月，但腿傷還是很重，尤其是右腿，左腿雖然好些，但也不能動，動一動便會疼到骨子裏，到今天早上仍是如此。

傅箏服侍丈夫起床時，坐到輪椅上那一下，不小心觸動了傷勢，丈夫痛得汗水都淌了一臉，但現在卻是把左腿伸到空中搖晃了幾下，這是傅箏無法想像的事！

傅箏猶在發怔時，丈夫李陶將左腿彎曲起來，又伸直，同樣動作做了好幾遍，最後更是將腿甩了幾甩！

傅箏怔得瞠目結舌，忽然間，李陶「哎喲」一聲呼起痛來！

傅箏大驚，趕緊扶住丈夫，李陶伸手抱住腿「哎喲哎喲」地叫個不停，但傅箏隨即發覺，丈夫抱著呼痛的並不是左腿，而是周宣根本就沒有碰過的右腿！

原來，李陶興奮之下晃動著左腿碰到了右腿，這一下頓時痛到骨子裏，本來右腳受的傷就大，碰到就疼壞了！

傅箏問道：「碰到哪裡了？還是他治得不對了？」

「有什麼問題，好得很，是我自個兒碰到右腳了，哎喲！」李陶一邊呼痛一邊替周宣辯解著，別人感覺不到，腿是他自己的，好不好，他可是明白得很。

顯然，李陶的左腿在給周宣治了這一陣後，疼痛全消，活動自如，像沒有受傷一般，心裏如何不喜，倒是忘了剛剛還在懷疑著周宣的事了。

周宣等李陶緩過這一陣後，才微笑著說道：

「二姑父，我再幫你治一治右腿，止止痛吧。」

「好好好！」李陶連連應著聲，趕緊把左腿縮回來，方便讓周宣替他上藥。現在，左腿已經沒半點問題了，便縮回來踩在輪椅架上。

周宣又用手到碗裏沾了糊狀的跌打藥，然後輕輕抹到右腿上。手碰到右腿的時候，用力極輕，李陶幾乎感覺不到。但周宣的冰氣卻神不知鬼不覺地運到了李陶右腿上。

在李陶的右腿中，腿骨受傷就嚴重得多了。腿斷裂處，腿骨碎成了渣子，不僅短了一截，而且碎裂的骨渣扎進肌肉裏達數十根之多。

周宣首先把這些骨渣骨刺轉化爲黃金，隨即吞噬掉，這一切都在李陶不知不覺中完成。

將骨刺清理乾淨後，又幫他恢復起斷裂的腿骨來。因爲腿骨斷碎了一截，恢復起來就比肌肉恢復難度大得多。

周宣把丹丸冰氣運成一束，儘量不散開，這樣，冰氣的濃度和純度就非常高，全部運到李陶的腿骨斷裂處時，冰氣以前所未有的激發力度催化著腿骨的重生。

刹那間，骨質細胞以數以億計的迅猛速度生長著，外人和李陶自己都看不見，只有周宣才能看見，李陶的腿骨正以肉眼無法看見的速度生長著，若是這個情景被人用肉眼瞧見的話，恐怕會驚得眼珠子都掉出來！

當然，在廳裏瞧著的人，都只看見周宣塗了藥在李陶腿上抹著，到底怎麼樣，誰也不清楚。

激發骨頭生長，這個損耗冰氣就厲害了，周宣開始感覺到，這次有點像在給老爺子治療癌症時那般吃力！

汗水從額頭涔涔而下，周宣全神貫注地給李陶醫治著，也沒有時間擦汗。

除了傅天來和傅盈知道周宣肯定是累壞了以外，其他人只覺得有點奇怪，周宣只是拿手在給李陶塗藥，怎麼會像是做了重體力活兒一般？

激發腿骨生長的過程持續了五分鐘，周宣汗如雨下，傅盈趕緊找了條毛巾給周宣輕輕擦拭汗水。

腿骨生長到了合適處，周宣又開始激發肌肉生長，填補受傷損處。恢復肌肉的傷勢就比促進腿骨生長損耗的冰氣小得多了。

哪怕是在索馬里跟海盜們交手，冰氣的損耗也沒有剛才爲李陶治療腿骨厲害，這是周宣沒有想到的，這一次，他累得差點就快躺下了！

待腿裏傷損的肌肉經脈也恢復後，時間已經過了二十分鐘，周宣收回了手，坐在椅子上直喘氣。

李陶和其他人都盯著他，不知道到底是什麼結果。周宣沒說話，李陶自己也不敢亂動，否則出了什麼事，誰也不知道會有什麼後果。

傅箏也不知道丈夫怎麼樣了，李陶不敢動，她自己也不敢問，因爲剛剛左腿的神奇治癒讓她沒話說，現在，心裏更多的是期待。

雖然眾人都盯著他，但周宣卻只有喘氣，不是他不想說話，而確實是太累了，累到說不出話來。

傅箏瞧著周宣不過抹抹藥，也沒幹別的，怎麼就累得那麼厲害？但又看得出來，周宣確實累得很厲害，絕不像是裝的。

周宣起碼休息了足足有五分鐘，這才緩過氣來，自己抹了抹額頭的汗水，微笑著道：

「二姑父，你的腿完全好了。您可以下來走路試試了。您的運氣真好，這藥可是我師傅秘製的，對跌打損傷有特強的療效，就只剩這麼一點了！」

聽到周宣這麼說，眾人都驚詫萬分。李陶只聽見周宣說自己運氣好，但腿傷怎麼樣卻還不知道。看到眾人期待的目光，他不由得試著活動了一下自己的右腿，竟然沒有什麼疼痛感，再試著伸了伸，很靈活，乾脆把兩條腿都放到了地上，一樣沒有任何問題。此刻，他真想站起來試試。

就在這時，保鏢突然進來報告說，喬尼回來了。

眾人都是一愣，喬尼回來了？傅天來當即沉下了臉色，拂袖道：「我有些累了，進房去休息，誰都不准來打擾我！」說完就沉著臉回房了。

傅箏和李陶夫妻只覺得父親有點不正常，但又不知道是爲什麼。不過，因爲正沉浸在腿傷即將治癒的興奮中，也沒說什麼，又因爲很久沒見大姐了，就說道：

「爸，不是說大姐和喬尼去國外了嗎？回來了怎麼也不進來？」

傅盈跟周宣對望了一眼，再瞧瞧李俊傑，他也正望著他們兩個，三個人心裏都明白，老人家傅玉海也在場，要是現在就說出事實來，老人家要是有個什麼閃失，那可就是大事了！

周宣對喬尼一向沒有好印象，特別經過這次事件後，更是沒有好感，像喬尼這種人，既然已經對親人下了毒手，那麼，無論他計畫落空後說什麼後悔懊悔的話，也都是放屁，只要以後再有機會，他還是會下毒手的。

不過，要怎麼樣處理他，還輪不到周宣來說話，這是傅家的事。

傅天來沒發話就走了，傅盈擔心會露了馬腳，讓這事被祖祖和二姑知道，也趕緊跑了出去。

大門外，喬尼一臉落魄樣，滿臉鬍渣，再也沒有了以前的瀟灑模樣。大姑傅本也不顧形象地坐在石階上，一臉灰白。

傅盈一出來，傅本趕緊起身說道：「盈盈……」

傅盈先是瞪了喬尼一眼，不管怎麼說，他總是設計陷害父母和自己的兇手，但見喬尼的狼狽樣子，一顆心又狠不起來，畢竟是從小一起長大的親表兄妹，兒時的情分又讓她心軟下來。

傅盈嘆了口氣，然後才說道：「早知如此，何必當初呢！」

喬尼張了張口，卻終是沒有說出話來。

傅本卻說道：「盈盈，爺爺呢？」

傅盈搖了搖頭，嘆道：「大姑，爺爺不想見你們，已經回房了。二姑和二姑父也來了，他們不知道這件事。祖祖也不知道，祖祖年紀大了，不能受刺激。爺爺現在肯定是不會消氣的，等過一段時間爺爺消氣了再說吧！」

喬尼臉上全是失望的臉色，想想以前外公對他的疼愛，現在卻是完全不同的局面，又想著自己在公司裏的職務被取消了，外公贈送的股份也分毫沒有了，就連媽媽的所有待遇也全部被取消了，這次事件敗露，把他們徹底打到了最底層，以他平時的驕傲，一下子從天上掉到了地上，這個轉變太大，讓他無論如何都受不了！

傅盈瞧出喬尼的心情，心裏又有些發怒，他對親人能下這麼狠的手，難道就沒想過後果嗎？現在的結果，已經是爺爺對他最大的寬容了！

「大姑，還是快點走吧，要是二姑出來，搞不好就露出馬腳了，這種事還是隱瞞著的好，家醜不可外揚！」

傅盈冷冷地說著，不想還好，一想起來不由得氣沖頭頂，父母差點給喬尼害死，這還不算，他甚至還變本加厲地要設局陷害爺爺和自己，這哪像是一家人呢？

說完傅盈便關門進屋。

傅本嘆息了一聲，伸手拉了喬尼就走，步子有些蹣跚。

喬尼還有些不想走，傅本惱道：「混賬東西，你要氣死我啊！」

等傅本拉了喬尼走後，傅箏久等大姐不到，自己跑了出來，卻沒見到，奇怪地嘀咕著又回了屋。

周宣因爲給李陶治腿損耗冰氣頗重，跟傅玉海說道：

「祖祖，今天我真有些累了，眼都睜不開了，我先去睡一下，等精神好了再跟祖祖下棋，要不然我輸了可不甘心，本來要贏的……」

傅玉海呵呵大笑，說道：「你可不是祖祖的對手，趕緊睡去吧，精神好了也能輸得心服口服！呵呵，誰要你這時候跟我下棋啊，快去睡覺吧！」

傅玉海雖然老眼昏花，但還是瞧得出周宣的疲態，應該是剛剛給李陶治腿累的。雖然外表瞧起來沒花什麼功夫，但李陶如此嚴重的腿傷竟然真就給治好了，損耗精神也是可以想像的！

周宣也不客氣，起身跟二姑和二姑父說了一聲。傅箏和李陶這時候對周宣是又感激又敬佩，哪裡還會再說什麼，趕緊催他快去休息。

傅天來又讓王嫂煮點好東西，等周宣醒來後再吃。

周宣上樓睡覺，傅盈拉著他的手跟了上樓。

傅箏又笑又罵：「這丫頭，怎麼一點規矩也不懂了？也不知道害羞！」

傅盈早已黏在周宣身上，哪裡會聽到二姑說的話，現在，她關心的只有周宣，就想跟他膩著，哪怕說幾句話再下來。

李俊傑摸了摸頭，笑笑也跟了上樓。

傅箏惱道：「俊傑，你個傻小子，跟著去幹嘛？」

李俊傑不理他媽，急急跟到二樓。

傅盈轉頭向他一瞪眼，說道：「表哥，你幹嘛？」

李俊傑本來是想跟周宣私下裏說，想要些藥，不過有表妹在場又不好開口，便想等她走開了再跟周宣偷偷說。

於是，傅盈瞪了他一眼後，他隨即說道：「沒事，只是想跟周宣聊聊天！」

「沒看到他這麼累了，還聊什麼天？」傅盈哼了哼，又瞪眼說道：「就愛湊熱鬧！」

李俊傑捂了捂眼，說道：「昨天眼裏進了沙子，難受，想叫周宣治一治！」

「你……快滾！」傅盈又羞又惱，當即轉身對李俊傑又推又搡。

周宣對李俊傑做了個無奈的姿勢，李俊傑也舉雙手向傅盈投降，一邊往樓下走，一邊說道：「好啦好啦，表妹，我走，我走還不行嗎？」

一直進了三樓房間裏，傅盈才氣呼呼地跟進來，周宣躺在床上，盯著傅盈微微直笑。

「笑得那麼陰險，幹嘛呀？」傅盈皺著眉頭問，還在爲著剛才李俊傑的事惱著。

「昨天晚上的事，嘿嘿！」周宣涎著臉說道，「我想再繼續！」

「昨天晚上什麼事？」傅盈怔了怔，但隨即就明白了，臉刹那間就紅了起來，惱道：「你……」

紅了臉後，羞惱的神情又消失了，想起昨晚的羞處，立時又扭捏起來，心裏甚至還有些希望起來，不過又想起剛剛二姑對她說的話，就捂著臉跑了出去。這次還好，沒撞到額頭。

周宣笑了笑，隨即躺下睡覺了。

早上再醒過來後，伸了個懶腰，忽然發現房間裏有人，不禁嚇了一跳，趕緊拉好被子，仔細瞧了瞧，卻見是李俊傑，惱道：

「表哥，你幹嘛呀，人嚇人會嚇死人的！」

李俊傑笑笑道：「一家人全都忙開了，你這個主角還在呼呼大睡，是外公讓我來叫你的！」

「叫我？什麼事？」周宣還有些莫名其妙。

「你這人真是的，今天是你跟表妹的訂婚禮，這樣的事都能忘記？」李俊傑有些佩服起來，周宣還真能忘事！

周宣呆了一下，隨即恍然大悟，都是昨天給二姑父治腿累的，一點也沒想起這件事來，趕緊道：「我馬上起來，表哥，你先下去！」

李俊傑朝門外打了個響指，隨即有兩個男子提了衣架子進來，架上掛著幾套服裝，從裏到外，一應俱全，還有一雙皮鞋。

李俊傑笑笑道：「我在樓下客廳裏等你，家裏人可都過去了，忙得不可開交，連外曾祖

祖都到酒店了！」

「就剩我們兩個？」周宣訝道。

李俊傑點點頭：「是啊，這麼重要的事，沒辦法，我都等你好一會兒了，八成是你昨天幫我爸治腿太累了吧，我也不忍心叫醒你，就讓你多睡了半小時，你醒了最好！」

李俊傑擺擺手，笑道：「我到客廳裏等！」然後叫那兩個男子出房下樓去了。

周宣到浴室洗漱過後，把衣架子上的衣服褲子隨便拿了一套穿了，量身訂做的衣服果然很合身，衣服質地也很好，他沒穿過高檔衣服，這一身行頭值多少錢他不知道，也不去理會，穿了新皮鞋然後下樓。

李俊傑看到周宣下來，眼睛亮了一亮，讚道：「真是佛靠金裝人靠衣裝，穿了這一身新衣服，倒真是個名副其實的翩翩大少了！」

周宣啐道：「走吧，什麼大少？別人不知道，你還不知道啊？我只是一個鄉下土包子！」

李俊傑笑笑搖搖頭，與周宣兩個人走出門去。

在傅宅大門外，周宣竟然呆了！

大門外停了一輛十多米加長的白色林肯房車，後面還停了數輛豪華禮車，幾個身穿禮服的男子正在等候著，見到他們出來，當即躬身行禮，然後請他們上車。

李俊傑拉了周宣坐到車上，擺擺手，前面的司機就開了車。

車隊一路上吸引了無數的眼球，路人紛紛觀望，像這樣的派頭排場，估計就是灰姑娘們最喜愛和盼望的夢中情景了！

到了希爾頓酒店，周宣就給熱鬧的場景搞矇了頭，身著禮服的男士，優雅漂亮的女子，無不都在向他行著注目禮。

賓客太多，周宣根本就不知道傅盈和傅家人在何處，連李俊傑都不見了，自己是由酒店的侍者引進來的。

進到大廳時，人群中倒是有兩個年輕男子站到前頭跟他打招呼，其中一個笑笑說道：

「周先生，又見面了！」

笑聲有些陰森，周宣倒是認得，說話的是在劉清源那兒見過的路易斯，在路易斯身邊的卻是傅盈的大表哥喬尼！

周宣在看到喬尼的時候有些意外。畢竟他沒想到，這號人物還會在這種場合出現在眾人面前。

其實周宣不明白，在希爾頓酒店，保安還是有保證的，像傅家這種超級富豪家族，保安絕對嚴格。在歐美，超級富豪們享受的安全保障，幾乎是跟國家元首有得一比的。

喬尼是不在傅家的邀請之列的，不過，傅天來不光是為周宣和傅盈辦一場訂婚儀式，更

邀請了各大媒體前來。

現在，希爾頓酒店中雲集了世界各大媒體的記者。傅天來是想借著這個機會，把周宣推到傅氏欽定的接班人位置上，這樣，不管周宣有沒有意願管理傅氏財團，這個擔子都已經放在了他肩上。

活到了傅天來這把年紀，經歷的危險事情也特別多，在知道了周宣的特殊能力後，傅天來就下定決心，一定要把周宣留在傅家。雖然周宣不願意接手管理傅氏的生意，但只要他願意出手，傅家的任何想法都能變成現實。所以，傅天來認定，只有周宣才能真正保障和壯大傅家的財富和勢力。

而更關鍵的是，周宣與傅盈是真心相愛的，又對傅家很忠誠，這樣美滿的結局可真是世間難找。周宣不貪圖傅家的財富，也絕不會做對不起傅盈的事，而傅盈又聰明又孝順，有她引導著周宣，至少傅家的財富不會輕易落到旁人手中。

這些都讓傅天來感到安心和欣慰。因此，傅天來才會不惜調用全世界的媒體，來爲自己選擇的繼承人作證。

路易斯是接到了請柬的，喬尼雖然沒有被邀請，但一來他跟路易斯打得火熱，二來路易斯也不知道喬尼對傅家做出了那種忤逆的事，所以就帶著他一起來了。

保安主管知道喬尼是傅家的親外孫，所以輕易便放喬尼進來了。

瞧周宣如沐春風的樣子，喬尼和路易斯各是一番滋味在心頭！

喬尼是從天堂跌到了地獄，在他的印象中，周宣只是一個又無能又無錢的鄉巴佬，但鄉巴佬現在卻一步踏到了天堂，這個反差讓他如何受得了！

路易斯卻是另外一種心情，心中想念了十多年的美女卻在剎那間打碎了他的幻想，投入了別人的懷抱，這又妒又恨的心情，比喬尼有過之而無不及！

周宣瞧見這兩個人，心裏有些不恥。兩個人都不是好東西，一個貪戀傅盈的身體，分分秒秒想要把她占爲己有；一個則是嫉妒傅盈的財富身分，分分秒秒想取而代之！

周宣瞧了瞧四周，傅家的人一個都沒有在周圍，也不知道這兩個傢伙準備幹什麼。當然，他不會害怕，有冰氣在身，也不怕他們搞什麼鬼，至少他們還不敢公開拿槍對他射擊吧。

「呵呵，是啊，又見面了！」周宣略爲頓了一下，隨即回答著。

「這樣的日子，怎麼也要敬你一杯！」路易斯笑笑說著，然後轉身去拿酒。邊上的吧臺上，侍者已經倒了很多杯酒。

路易斯背對著周宣，暗暗取了一小包藥粉，然後迅速倒進一杯酒裏面，端起來搖了搖，左手又端了一杯乾淨的，轉了身又走回來。

路易斯笑容滿面，從外表上瞧不出有任何不妥，但周宣早在他轉身的時候，便把冰氣探了出去。雖然路易斯背對著他，但路易斯的一舉一動無不落在了周宣的腦子中，下藥的鏡頭便如親眼所見一般。

如果是在一開始，周宣還沒警惕到隨時把冰氣放出來探測，但一見到喬尼跟路易斯這兩個人鬼鬼祟祟的樣子，便留心了起來。果然如他所料，這狗是改不掉吃屎的！

周宣只是有些好奇，路易斯給他下的是什麼藥，是讓他出糗的呢，還是要讓他送命的。

路易斯把酒杯端到了面前，笑笑道：「周先生，這樣的大喜日子，我敬你一杯吧！」說著，便把右手的杯子遞到周宣面前。

周宣瞧著路易斯淡淡一笑，伸手接過了路易斯遞過來的酒杯，說道：「這一杯我無論如何得喝了，謝謝！」

頭一仰，一口把酒杯裏的酒喝了個乾淨！

其實，酒在入喉後，周宣馬上便將其轉化成了黃金，同時又吞噬掉。不過在路易斯和喬尼看來，周宣是把酒一滴都沒剩地喝進了肚子裏。

酒裏倒的是強力瀉藥粉，這個藥粉一下肚，對生命倒是沒有影響，但會拼命拉肚子，而且是很強烈的拉肚子。周宣如果真吃了，那今天就不可能順利的把訂婚儀式舉行完，這樣就合了路易斯的念頭，他就是要傳盈的訂婚禮辦不成。

但他不知道周宣有令他無法想像的奇異能力。見周宣毫不拒絕地把酒一口喝乾了，心裏正樂得很，想著幾分鐘後周宣藥性一發作，就會當場出醜，然後跑到洗手間裏沒辦法出來，那樣，訂婚儀式就徹底搞不成了。

路易斯下的這個強效瀉藥，藥性至少要持續幾個小時，哪怕是斷斷續續的，周宣也無法把訂婚儀式堅持完，這對路易斯來說，看著情敵當場出醜，那可是最快樂的事情了！

周宣一口乾了酒後，隨即笑笑說道：「對不起，我得過去了，失陪一下！」

路易斯微笑著一伸手道：「請！」

周宣隨手把空杯子遞給侍者，向路易斯點點頭，然後轉身隨著領他進來的酒店人員向裏走去。

在周宣離開路易斯七八米遠的時候，路易斯臉上露出了陰險的笑容。他的眼神與喬尼一碰，倆人都心領神會。估計再過幾分鐘，周宣就會頂不住了。

見到路易斯與喬尼兩個人心情無比輕鬆地步入大廳中央，周宣突發奇想，運起冰氣把路易斯和喬尼兩個人的皮帶和褲腰等幾個要緊地方轉化成黃金吞噬掉了。

只聽「咯咯」的幾下，兩個人的皮帶都不由自主地斷裂成了數段，紛紛掉到地上，與此

同時，他們的褲腰也鬆了，就在周圍人的注視下，兩個人的褲子剎那間同時掉落到地上，看起來，就彷彿是二人在搞行爲藝術！

有趣的是，路易斯竟然還穿著一條透明的大紅色內褲！

這一下，他們周圍的幾十個人都呆住了，好一會兒，倆人才在涼颼颼的感覺和眾人爆發出來的哄然大笑聲中驚醒，趕緊低頭提起褲子。只是，皮帶斷了，褲腰鈕扣也沒有了，也無法繫在腰間，只能用兩隻手緊緊提著褲子，才能不讓褲子再次掉到地上。

這副狼狽相可是他們從未想到過的，一時間羞愧難當，想看周宣笑話的心情也沒有了，只能提著褲子低頭往外竄！

這個糗真是出得夠大的！

在他們蹣跚的背影後面，幾個女人低聲地罵起來：「真是變態！一個大男人穿著透明的女生內褲，還當眾脫褲子，真不知道要幹什麼？」

周宣遠遠聽到，微微笑著，開心多了。這個路易斯，自己不好好學習怎麼當男人，卻一心只想著整別人，得到這個報應也是應該的。

喬尼就更不用說了，瞧他現在還在跟路易斯狼狽爲奸，又哪有半分懺悔的意思？

第九十九章

訂婚儀式

傅盈終於在她媽媽的攙扶下出現了。
在見到傅盈的那一剎那，周宣幾乎是看呆了！
滿身盛裝，一襲珠寶禮服的傅盈說多美就有多美，
在楊潔的陪同下，母女倆就如一對姐妹花一般。

到了禮堂處，周宣才見到了傅天來、傅玉海、傅猛、李俊傑、二姑傅箏、二姑父李陶。

周宣走上前，一一挨著叫了個遍：「祖祖、爺爺、爸爸、二姑、二姑父、表哥！」

傅天來點點頭，眼裏滿是欣慰的表情，周宣四下裏又望了望，卻是沒見到傅盈！

傅天來呵呵笑道：「傻小子，再等會兒吧！」

周宣臉上訕訕的，確實沒經歷過這種事情，更是沒經歷過這種上層社會的排場，也不知道規矩，在自已老家，訂婚是一件很普通的事，幾乎所有的未婚男女都會有這個經歷，也就是選個吉日，女方一家人到男方家裏擺擺酒，請自家的親戚朋友來吃一頓飯就算了，根本就沒有什麼正式儀式，正式儀式只有在結婚的時候才舉行。

當真是眾裏尋她千百度，在周宣盼望著的時候，傅盈終於在她媽媽的攙扶下出現了。

在見到傅盈的那一刹那，周宣幾乎是看呆了！

滿身盛裝，一襲珠寶禮服的傅盈，說多美就有多美，在楊潔的陪同下，母女倆就如一對姐妹花一般。

說實話，傅盈本身就是天生麗質的極致美女，從來都只化一點淡妝，周宣幾乎就沒見過傅盈濃妝豔抹和佩戴珠寶首飾過。但今天，傅盈脖子上戴了一條亮光閃閃的白金色鑽鏈，鑽石珍珠鑲滿其中，周宣不自覺地將冰氣探過去，這些鑽石和珍珠都是質地絕佳的珍品，就這條鏈子的價格絕對上億。

傅盈的雙手手腕上也是極爲名貴的手鏈。周宣覺得意外的是，他從來都不覺得飾品能襯托傅盈的美麗，但今天傅盈戴著這些首飾，盛裝之下，卻又顯露出另一種極致的美來！

只是，無論哪種美，都讓周宣陶醉得無話可說！

周宣呆愣著的時候，傅天來笑呵呵地說道：

「傻小子，盼了半天，現在倒是愣住了，還不過去呀？」

周宣這才恍然大悟，趕緊過去，站在了傅盈和楊潔面前，表情卻靦腆起來。傅盈一直是大大咧咧的，但這會兒卻也是一副矜持淑女的模樣。

周宣只是傻笑，傅天來笑容滿面的，這才起身走到前臺。

這時，台前的數十上百架攝影機和錄影機開始響動起來，閃光燈下，傅天來輕輕觸了觸面前的麥克風。

輕輕咳嗽了一聲，傅天來這才說道：

「各位來賓，各位媒體友人，傅氏家族的各界好朋友們，你們好！我借這個發佈會的時間，要宣布傅氏家族的兩件大事，第一件大事就是，我的孫女傅盈將與我的孫女婿周宣舉行訂婚儀式，現在我宣布，訂婚儀式開始！」

傅天來一念到這裏，當即有兩名保安公司的人陪同一個三十多歲的洋女子走到台前。洋女子手中提著一隻小型的密碼箱，箱子上面有條鏈子，鏈子另一頭卻是鎖在了洋女子手腕

上。這個架勢就像是銀行的押送人員。

到了臺上，這個洋女子取出一把鑰匙，讓身邊的保安打開了她手上的鏈子鎖，然後又取出一把鑰匙來，把密碼箱的鎖打開。

「啪」的一聲，那女子把箱子打開，箱子裏面放了一對錦盒。女人小心翼翼地把錦盒拿出來，在眾人的注視下將錦盒打開。

圍觀著的人都不由得輕輕「哇」了一聲。原來，錦盒裏是一對銀白色的戒指，戒指上各鑲有一顆碩大的鑽石。

周宣冰氣一動，便知道這兩枚戒指上的鑽石重達七克拉，是天然真鑽，價值絕對不比傅盈脖子上的鏈子便宜多少。

那洋女人把盒子用雙手捧著，笑吟吟遞到了周宣面前，說道：

「周先生，這是您訂的戒指，是我們ENZO公司首席設計師爲您跟傅小姐訂做的獨一無二的款式，純鉑金，兩枚鑽石都是從南非採購回來的重七克拉以上的天然鑽石，只兩顆鑽石的價格便是一千五百萬美金。現在，我代表ENZO公司，祝賀您跟傅小姐喜結連理，祝福你們的婚姻幸福美滿，天長地久！」

周宣瞧了瞧傅天來，傅天來已是滿臉慈祥的笑意。這無疑都是傅天來一手操辦的，雖然有些獨斷專行，但卻看得出，他是真心疼愛傅盈的，爲了這個孫女，他可以不惜任何代價。

周宣一直是想要自己買戒指送給傅盈的，但在美國，這一切傅天來都不由分說地代辦了，這個時候，自己當然不能違逆他的意思。

周宣伸手取了那枚女士鑽戒，輕輕拉過了傅盈的手，然後小心地給她戴在了右手的無名指上。

傅盈則取了另一枚男士鑽戒，給周宣戴在他的左手無名指上。攝影機這時又是一陣嘩嘩地閃光，焦點則都對準了傅盈和周宣這兩個人。

無疑，在場的人都在羨慕著周宣的幸運，傅盈如天仙般美麗不說，傅氏家族龐大的財產更是誘人！

傅天來笑了笑，又說道：「大家靜一靜，靜一靜，現在，我將宣布我的第二個決定！」

眾人都把眼光投向了傅天來，不知這個傅氏財團的掌門人，他的第二個決定又是什麼。

傅天來臉上笑容依舊，說道：「接下來我要宣布的是，我將把我名下的股份全部贈予我未來的孫女婿周宣，這包括傅氏財團中我名下的所有財產。目前，傅氏集團的股份中，百分之十爲大兒子傅猛夫妻所有，我二女兒傅箏與外孫李俊傑占百分之十，剩餘百分之八十的份額，現在將全部由周宣來繼承，只不過，他的使用權限是在與我孫女結婚之後！」

傅天來說到這裏，對台下的賓客和記者們笑了笑，又道：「我相信，傅氏集團在新舊交

替的穩定過渡中，會變得越來越有創造力，越來越強大，謝謝！」

除了閃光燈還是閃光燈，無論是現場的來賓還是電視機前看到這則新聞的人，都對這個叫做周宣的東方青年感到無比的羨慕！

傅氏家族的財產，那可是比中樂透大獎都要多N倍，此刻，他竟然金錢美人一舉雙得，這種機率，簡直比天上掉餡餅的機率還要小很多。

傅天來最後說：「從現在起，大家可以盡情享樂啦！」

而此刻，喬尼和路易斯正在不遠處的一幢高級公寓中，瞧著電視大生悶氣。

路易斯低聲吼叫著，用拳頭砸著沙發，他實在是不能理解，當時在場，自己明明是親眼見到周宣一口把酒喝乾了的，後來他又去和賓客說話，不可能也沒時間再把酒吐出來的，也不可能搞錯杯子，因爲自己喝了酒可是一點事都沒有，那麼，到底是怎麼回事呢？

問題究竟出在哪裡？難道是藥出錯了？不會啊，上個星期還拿夜總會的一個小姐試驗了下，一點問題也沒有，藥效超強啊！

還有，自己的皮帶也古怪地斷掉了，這個路易斯倒是沒有懷疑到周宣頭上，因爲當時周宣已經走遠了，並沒有和他在一起，而且周宣也沒有伸手拉過他，唯一的理由只能就是，皮帶品質太差，壞掉了！

但這皮帶可是花了幾千美金買的名牌，品質怎麼會那麼差呢？還有，喬尼的皮帶也是同時斷掉的，這就表明，應該不是皮帶本身的問題，最大的可能應該是，有人想出他們的醜，事先將他們的皮帶和褲腰都弄壞了，並且讓它們在某個時間斷掉。

只是，有誰能將皮帶斷裂的時間掐得這麼準呢？還有，要做這個手腳，恐怕只有在昨天晚上，大家都睡覺的時候才有機會。

路易斯突然想起，會不會是昨晚從酒店帶回來的那兩個女人搞的鬼？

當然，路易斯和喬尼即使想破腦袋，也不會知道整個事件的原因。

電視中，鏡頭一轉，竟然又出現了他們倆人褲子掉到地上的畫面，路易斯那鮮紅的透明底褲尤其顯眼！

路易斯暴怒得恨不得把電視砸了，但怒又如何？無論如何都挽不回他的名譽來了。

一個平常在華爾街有些名氣，在眾人面前一直是謙謙君子的路易斯，卻在大庭廣眾之下忽然露出了變態之相，這讓他情何以堪？不論是名譽和工作上，他的前途都會大受影響。

暴怒之下，路易斯把這一切責任都推到了周宣頭上。他發誓，要把受到所有的羞辱都報復到周宣身上。因爲，路易斯認爲，這都是因爲周宣引起的，他變成了周宣的替罪羊。如果周宣當時按照他的計畫乖乖出了糗，也許，現在萬人嘲笑的對象就是周宣了。

電視臺還在反覆播放著傅盈和周宣的訂婚典禮，但路易斯和喬尼卻不知道，此刻，他們所痛恨的周宣已經攜帶著傅盈飛往北京了。

從希爾頓酒店溜回唐人街傅宅後，周宣心裏記掛著父母和弟妹，跟盈盈的訂婚禮也過了，便跟傅天來和祖祖說要回國。

傅天來很痛快地答應了，還給他們訂了最早的機票。祖祖傅玉海雖然捨不得，但也能體諒周宣的心情，但他還是希望周宣能儘量抽時間來紐約陪陪他。

周宣當然是答應了，活到老人家這個年齡，最在乎的就是子孫兒女的親情了。

二十個小時後。北京，晚上九點。

周宣的爸爸在古玩店裏守店，周濤和周瑩兩兄妹在城郊外的解石廠，守著周宣囑咐過的那一批原石毛料，家裏就只剩下老媽跟劉嫂兩個人。

周宣和傅盈風塵僕僕地出現在客廳裏時，金秀梅又是驚訝又是歡喜，趕緊取下倆人身上的大包小包。

傅盈高高興興地叫了一聲：「媽媽！」

金秀梅不情不願地輕輕應了一聲。傅盈還是挺乖巧，見到周母不高興，當即上前抱著金秀梅的手搖著撒嬌，一邊說道：

「媽媽，我知道錯了，以後再也不會惹您生氣了，媽媽，您就原諒我吧，下次我再也不敢了！」

周宣見傅盈那麼驕傲的一個人，竟然能爲了他，而放下架子跟老媽撒嬌，心裏更是對傅盈疼愛不已，便對老媽說道：

「媽，這事你就別怪盈盈了，不是她的錯，她都是爲我好，生怕讓我擔心。現在一切都解決了，你也別再擔心了，兒媳婦還是兒媳婦，我已經在紐約跟盈盈訂婚了！」

兒子都這樣說了，金秀梅還能說什麼？再說，她也不是不喜歡傅盈，只是生氣傅盈這次走的時候那麼狠心，還讓兒子病了一場。而且，在這段時間裏，金秀梅又剛剛被魏曉晴的行動打動了，正準備說服兒子換換心思，但是現在看來，一切都是自己瞎操心，媳婦是兒子的，兒子喜歡才有用。

「你知道不知道，你這次說走就走，周宣大病了一場，把全家都嚇壞了。看著那樣子，你說媽心裏有多難受？」

金秀梅雖然原諒了傅盈，但婆婆有婆婆的威嚴，媳婦以後如果有一點事就要鬧脾氣，動不動就要跑回美國去，那可怎麼辦？所以，雖然喜歡，還是得給她一個下馬威，讓她有所忌憚才行。

傅盈委屈地點了點頭，說：「媽，我知道，我以後再也不敢了。」

「這次就算了，要是還有下次，我，我，」金秀梅還在考慮著說什麼狠話時，周宣趕緊推著傅盈說道：「盈盈，你趕緊上樓洗個澡再下來吧！」

傅盈走了兩步，又拿眼瞧著金秀梅。

金秀梅覺得心裏有種極大的滿足感，兒媳婦顯然是想聽她的話，自己威風也擺了，媳婦也很聽話，便擺擺手道：「去吧去吧，去洗個澡，換身衣服，累了就休息一下！」

傅盈這才笑嘻嘻地上了樓。

周宣趁此時向老娘簡短地說了一下在美國的事，不過沒有說被海盜綁架的事，只說傅家遇到了大問題，不讓自己去是對自己好，而現在這個問題已經給解決了。

金秀梅「哦」了一聲，從心底裏原諒了傅盈。這善意的謊言原來是爲兒子好的，至少不是背叛兒子。傅盈的心情她也能理解，如果換作是她，她也會這麼做的。

金秀梅趕緊讓劉嫂去煮點粥，兒子和兒媳婦長途飛機，肯定累了，喝點清淡的粥最好。

十多分鐘後，傅盈披著微濕的秀髮，一身清新地下樓來。

金秀梅確實是很喜歡傅盈的，不管是什麼樣子，兒媳婦都是那麼漂亮，兒子當真是有福氣。不過，魏曉晴也不差，只不過兒子不能接受，那也是沒辦法的事。作爲鄉下人的她，觀念還很傳統，也最討厭腳踩兩隻船的人，兒子這種堅定不移的性格她是很贊同的，也很自豪！

傅盈下樓來後，沒有坐下來跟金秀梅說話，而是趕緊把帶來的行李打開，取了幾個小盒子出來。

她把其中一個小盒拿出來給金秀梅，說道：「媽媽，我跟周宣訂婚了，也給您還有爸爸他們挑了幾件小禮物。」

金秀梅把小盒子打開，裏面是一條鑲著大鑽石的項鏈，鑽石很大，鏈子也不是普通的細項鏈，而是有一寸寬，由細絲般的鉑金交織成綢狀的帶子。

周宣吃了一驚，這項鏈可不是便宜貨，就憑那顆鑽石，都是要幾百萬的，更何況這還是名師設計的，整條鏈子的價值絕對會超過一千萬。

沒想到傅盈不聲不響地準備了這麼貴的禮物，那另外給妹妹、弟弟和爸爸三個人的禮物，想來也不會差。

周宣還在猶豫著要不要告訴老媽這項鏈的價值時，金秀梅卻自己問道：

「盈盈，這項鏈看起來很漂亮，應該不便宜吧？我這老太婆戴起來也不好看，我看還是給周瑩吧。」

傅盈笑嘻嘻地道：「媽媽，不貴，一點都不貴，這款式就是給中年人戴的，您戴著肯定好看！小姑那裏我已經買了年輕人喜歡的樣式，給弟弟和爸爸買了手錶，我想他們在店裏上班，有個手錶方便一點。」

「那也行，既然是媳婦買的我就收下了。」金秀梅笑呵呵地收下了項鏈，然後放進了盒

子裏，心裏想著，兒子結婚的時候再拿出來戴一戴吧，平時就放起來，這麼大年紀了，要是戴這個，兒子他爸還不罵自己老來俏啊！

金秀梅又說了周濤兄妹和周蒼松的情況。最近店裏生意十分火紅，張老大自己也忙得焦頭爛額。店裏又多請了四名工人，在還沒有正式開業之前生意就這麼好了，以後就更不用說了。

現在，店裏還有經驗豐富又人脈極廣的老吳做掌眼，加上李麗這個科班金融學院畢業的高材生做財務，也還算應付得過來。老頭子周蒼松就在店裏盯著，雖然不懂，但也算是幫幫忙，看看店。

周宣一想到李麗時，對這個極有孝心又清秀的女孩子很有好感，倒是不知道周濤跟她的感情，這一段時間發展得怎麼樣了！

現在已經是晚上十點多了，不能去店裏，也不能把弟弟妹妹叫回來，因為周宣跟弟妹特別交代過，所以，雖然是幾大車石頭，但周濤、周瑩一點也不敢鬆懈，跟趙老二還有兩個保安以及解石的師傅老陳和他侄兒陳二毛，七個人分成三班輪流值班守著。

劉嫂煮好了粥，周宣跟傅盈一人吃了一小碗。吃完後，傅盈要陪金秀梅聊天，但金秀梅怕他們太累，硬是催著他們去睡了。

傅盈倒真是累了，這兩天一是高興，二是刺激，現在，自己真的跟周宣訂了婚，而且，最關鍵的是，一家人上上下下都接受了周宣，自己的心願終於達成了，一顆心終於幸福地放下了，這才上了床，甜甜地進入了夢境。

周宣卻是沒那麼快睡著。由於身有冰氣，他的精神依然很好，躺在床上練了兩個小時的冰氣，然後又拿書看起來。

練冰氣時，周宣倒是還很有精神，但一看書，瞌睡便來了，不到十分鐘就睡著了。

早上傅盈倒是起得很早，在客廳裏跟金秀梅聊著天，等劉嫂做好飯菜端到餐桌上後，傅盈才溜到樓上房間裏叫周宣起床。

周宣正背對著窗外睡著覺，傅盈沒敢直接揭開被子，她擔心周宣萬一沒穿衣服睡覺，那樣自己可就糗了，眼見周宣的頭和腳都露在了外面，想了想，便輕輕搔了搔他的腳底。

周宣一彈，嗖地坐了起來。

傅盈嚇了一跳，見周宣穿了一件內衣，心裏便坦然了。

周宣揉了揉眼，瞧著傅盈，半晌才道：「你賠我的盈盈！」

傅盈怔道：「你眼花了？我不是盈盈？」

周宣哼了哼道：「我正做夢跟我老婆拜堂入洞房呢，你把我的好夢弄醒了，老婆也不見了，洞房也沒入成，你賠我老婆來！」

「吥，你這個壞人！」傅盈臉一紅，啐了一口便又道，「大懶蟲，快起床了！人家劉嫂菜都擺在餐廳裏，一家人都等著你呢！」

周宣伸了伸手，傅盈紅著臉退得遠遠的，生怕他把自己拉到床上去，周宣笑笑道：「夫人，來侍候大老爺起床！」

「不！」傅盈嘻嘻笑著，一下子溜出房去了。

周宣呵呵一笑，這種日子真是太幸福了啊，不愁吃不愁穿，一家人都過得開開心心的，沒事可以調戲調戲自己漂亮的老婆，抽個空還可以發一筆大財，這樣的日子便是拿皇帝和神仙來換，他都不換的！

第一〇〇章

解石加工廠

陳師傅有些猶豫。

周宣說的話聽起來是好事，但賭石可都是十賭九輸的，

許氏便是一個典型的例子，如果迷上了賭石，

就算有萬貫家財，不定哪天也輸得一乾二淨。

如果是這樣，他給的條件再好又有什麼用？

洗漱完畢下樓，吃過早餐後，傅盈開了那輛布加迪威龍，載了周宣先到店裏。

周宣昨晚回來也沒打電話通知他們，張老大和周蒼松都還不知道他們回北京了。店裏面，老吳正在鑑定一個客人拿來的一塊硯台。

張老大和周蒼松在一邊瞧著，客人是個三十歲左右的中年男子，看樣子，有些迫不及待。

周宣瞧了瞧這個男子，眼神恍惚，右手大拇指和食指中指一直在搓捏，一看就是經常打麻將的動作，想必是輸了錢，拿了家裏的東西出來當了再賭。

那塊硯，周宣測了測，便知道是個民國時期的產品，東西算一般。

老吳看了一會兒，然後才說道：「先生，你這塊硯，是民國時期的東西，不算多老。當然，一塊硯臺的價值並不只從年代上看。要看硯臺的好壞，通常有幾點，第一個是材質，國際市場上對中國古硯臺的拍賣價格還是很高的，目前，硯臺的質地是以端硯爲最；第二還要看它的雕刻工藝。」

那個客人有些不耐煩了，說道：「老闆，你別跟我說這個那個的，就說它值多少錢吧，你要是不要，我就拿到別家去！」

老吳笑了笑，道：「那好，那我就直接出價吧，五百塊！」

這個價錢跟周宣估計的相差不大，周宣真是佩服起老吳來，當真是沒有金剛鑽，不攬瓷器活。不管是瓷器、古玩器件、玉石、古文字畫、錢幣，他是哪樣都能拿上手，且樣樣均有極深的造詣，自己這個店還真讓張老大請到一個寶了！

那個人怔了怔，顯然有些失望，便道：「五百塊？我家老頭子以前可是說了，這個是有年份的東西，值大錢的，就五百塊？」

老吳淡淡道：「這個硯是民國時的，年份不是太長，一塊硯臺的價值有幾種，我要告訴你，你又不聽。說實在的，五百塊的價錢很實在，如果你拿到別家店，可能只會給你三百塊左右，要不，你拿去瞧瞧再說！」

那中年男人伸手拿了硯，哼了哼，悻悻道：「別壓得太狠，加點價我就給你們，免得費事！」

老吳依然微笑著搖頭。

那中年男子當即拿了硯台，一臉不滿地出了店門。

老吳這才抬頭對周宣道：「小周，你回來了？呵呵！」

張老大和周蒼松這才一驚，回頭看，竟是周宣和傅盈兩個，不禁又驚又喜起來。

周宣最近神出鬼沒的，說來就來，說走又走了，誰也找不到他。不過回來了總是好事，有很多大事張老大都想跟他說說。

在張老大看來，自己這個兒時兄弟雖然心性為人都沒變，但能力卻是讓他太陌生，動輒

幾千萬甚至上億的款項和物品，他卻是舉重若輕，似乎都是小事一樁的。而且，他的決定總是看似莫名其妙，而最終被事實驗證是正確的。這讓張老大不得不佩服。所以，遇到大事，張老大總是想周宣在旁邊拿主意，畢竟他才是主心骨。

見到主心骨終於回來了，張老大趕緊叫阿昌泡茶，然後把周宣和傅盈請到裡間。

傅盈不想聽他們談這些，便單獨到店裏瞧著最近收到的一些貨。

在裡間，老吳坐下來笑呵呵地對周宣說道：

「小周，你瞧剛才那塊硯如何？」

周宣笑笑回答道：「對於硯臺，我基本上不是很懂，但剛剛聽到了吳老說的，一看年份而看做工，剛剛那塊硯是民國的，年份不長，二是雕刻工藝顯得有些粗糙，雖然極力想求精，但水準所限，便如一個技術不太好的畫師想要創作名畫，但無論如何，他也是畫不到出神入化的境界。」

老吳點了點頭，說道：「你說得不錯，這塊硯呢，拿下了最多可以賣到一千塊左右。一般來說，方形、圓形的硯臺要比不規則的硯臺價格貴得多。而且，人文背景對硯臺的價值影響也非常大。俗話說，『硯貴有名，身價倍增』，指的就是硯臺上面的銘文。許多名人對硯臺都是喜愛有加，他們會在自己使用過的硯臺上留下詩文或警句。」

老吳說著，端了杯子喝了一口茶，然後又說道：

「所以，看古硯的好壞，其實是有四個標準：材質、工藝、品相和銘文。鑒別的方法也有很多，除了看，還有摸、敲、洗等等。摸，就是用手撫摩硯臺，感覺是否滑潤細膩。滑潤者，石質好；粗糙者，石質差。敲，就是用手托住硯臺，手指輕擊之，側耳聽其聲音，如果是端硯，以木聲爲佳，瓦聲次之，金聲爲下，如果是歙硯，以聲音清脆爲好。洗，指的是把硯臺上的墨痕洗掉，還其本來面目，這樣更容易看清硯臺是否有損傷或修理過的痕跡。注意，補過的地方，顏色與硯的原色有很大的差異。」

周宣點了點頭，剛才那個中年人的硯首先是質材不好，二是工藝較差，三是品相一般，四是沒有名人留銘，當然，名人留銘刻跡，那非得選質材上等的佳品才行。

「就剛才那塊硯，就是塊極普通的硯，但總算是有七八十年的年份，我給的還算是稍高，如果是別的店，恐怕三百也算高了！」老吳嘆了嘆說著。

這時候，阿昌探頭進來，笑呵呵地低聲說道：「吳老，那個賣硯的人又來了，要怎麼說？」

老吳衝著周宣一笑，說道，「說到就到了。呵呵，還要不要壓壓價？」

周宣搖搖頭道：「我瞧這個人可能是賭博賭紅了眼吧，可憐！」

幾個人起身到外間店面裏，那個中年人見到老吳出來，當即把手裏的硯台往臺子上一

放，說道：「算了算了，五百就五百！」

老吳笑了笑，把硯台又拿起來仔細查驗起來，那人憤道：「剛剛才讓你瞧過了，怎麼還要查？難道我還換了不成？」

老吳笑笑道：「先生，這可是我們的規矩，不管我們查驗得多麼仔細，只要物件拿走過再重新入庫，我們都要當做新入物件仔細查驗，這是行規，也是對自己東家負責。如果這東西已經被換掉了，我們怎麼可能花錢買下呢？」

那中年人也覺得理屈，呆了呆又道：「算了算了，快些驗吧，驗好了趕緊給錢！」

老吳查驗了片刻，驗證是剛剛才瞧過的硯臺後，把硯台交給阿昌，又讓李麗開一張收貨憑證，然後付了五百塊錢給他。

錢到手後，那中年人急匆匆把五百塊錢揣進袋裏，悻悻去了。

他顯然對硯台的價錢並不滿意，但跑了幾家才發現，確實如老吳所說，他們這兒還是給得最高的，其他幾家連三百塊錢都不願給。

等這人一走，張老大笑道：「咱們店的大老闆回來了，這樣吧，今天提前一小時下班，全體出去狠啜一頓，就由咱們大老闆請客怎麼樣？慰勞慰勞員工們！」

周宣呵呵一笑，道：「行，挑個東西好吃的地方吧！不過，現在時間還早，老大，我們去郊區的解石廠看看吧。」

周蒼松也要跟著過去瞧瞧。於是，老吳留下看店。店裏新請了四個員工，加上開始的兩個一共是六人，人手還是夠。

到這時，李麗才騰出空來，向周宣感激地說道：「周大哥！」

周宣微笑道：「小李，工作還習慣嗎？」

「挺好的，張經理、周叔、吳叔對我都挺好的，工作我也上了手，做得很開心。」李麗倒是真心感激周宣的。

「那就好！」周宣點點頭說著，「你爸爸好點了沒？如果家裏有需要，你跟我說，跟張經理說也可以，可以預支薪水。別客氣就行！」

李麗點點頭，眼睛很亮，也沒有了以前那種憂愁的神色，「我爸爸是完完全全地好了，這都是周大哥給我們家帶來的好運氣，周宣大哥，謝謝你！」

周宣擺擺手，笑了笑，然後有意無意地問道：「最近周濤怎樣了？」

李麗也隨口回答道：「他也挺好的，每天中午都會回來吃飯，幫幫忙什麼的。」

正在說著，忽然發覺周宣的眼神有些怪，想了想，一下子臉就紅了，便住嘴不再說話。

周宣呵呵一笑，心想：李麗是這個表情，那弟弟的事就有戲了，便道：

「張老大，咱們走吧！要不小麗也去看看，反正沒啥別的事，爸跟小麗坐張老大的車，呵呵，走吧。」

對李麗的稱呼，周宣從「小李」換成了「小麗」，雖是不知不覺中換過了，但李麗還是紅了臉，也沒說別的話。周宣叫她跟著去解石廠，她也沒反對，默默把帳本收拾好鎖起來，然後跟了出去。

張老大原來花了十多萬買的車就給老婆開，自己則開著悍馬。車後面載了李麗跟周蒼松倆人。傅盈則開著布加迪威龍載著周宣。

在市區裏，布加迪威龍跑不起來，不太爽，到了郊區，車流少了些，但紅綠燈又多，還是跑不起來，要知道，這輛頂級跑車的時速可是能達到四百公里以上的。

解石廠周宣來過一次，上次解出了十幾顆祖母綠，而這次就不同了，自己拉回來的幾噸毛料，裏面可塊塊有翡翠。這麼大貨量，周宣就在想，是不是改天得找一些珠寶商來搞個展銷會呢？

解石廠裏守大門的，是個周宣不認識的保安，見到張老大的車時，他趕緊從大門崗哨亭裏跑出來開門。

張老大和傅盈各自把車開進廠裏廣場後停好，下了車。那保安瞧見傅盈的麗姿，不禁愣了愣。

張老大擺擺手道：「看好門！」這幾名保安都是陳師傅請來的熟人，雖然對這幾噸毛料石塊不以爲然，但人家花錢請他們看守，他們還是很負責。畢竟工資不低，又不拖錢，如何不盡心？

毛料全都鎖在一間大廠房裏。爲了安全，周濤乾脆在廠房裏搭了床，直接守在現場。幾個人分了三班，倒是並不太累。每天他都要求値夜班，白天卻是要跑回店裏去跟李麗吃頓飯。雖然是吃速食，錢不貴，但很開心，跑來跑去也不覺得累。

時間長了，李麗慢慢明白到周濤對她有意思，但周濤面皮薄得很，雖然喜歡，也願意天天膩在一起，但就是不敢說出來，李麗當然也不會說什麼。

白天守廠的是周瑩和陳師傅兩人，大門口還有保安，周瑩在廠房對面的辦公間裏看電視，門口正對著廠房門，一邊看電視，一邊瞧著門口的動靜。

周宣和張老大這幾個人一到，周瑩便瞧見了，怔了怔，有些不相信，但依然是歡天喜地的跑出來，先叫了一聲：「哥！」然後卻是挨到傅盈身邊，叫道：「嫂子！」

哥哥爲了嫂子還生了場病，看得出來，對嫂子絕對是情深義重，現在哥哥又把嫂子帶回來了，那就說明，哥哥很厲害，她嫂子還是她嫂子。

周瑩心裏是很喜歡傅盈的，這個嫂子一看就是大富人家出身，但卻沒有半點嬌生慣養的脾氣。

周蒼松笑罵道：「你這個丫頭，沒大沒小的！」

聽到說話聲，周濤也趕緊起床出來，一瞧見是哥哥和李麗，呆了呆，傻傻地連手腳都不知道往哪裡放了。

周瑩對二哥周濤的事一點兒也不知道，周濤也從來不敢說出來。

周宣知道弟弟的靦腆，揮揮手說道：「小瑩，帶李麗姐姐到廠房裏轉轉。」

周瑩應了一聲，隨即又把鎖著毛料的廠房門鑰匙遞給了周宣，然後才帶著李麗走到工廠的另一邊。

傅盈偷偷挨到周宣耳邊問道：「這個李麗是不是弟弟的女朋友啊？」

周宣呵呵一笑，在她額頭上點了點，道：「你真聰明，我弟弟太害羞了，你去跟妹妹一起陪著李麗，偷偷探探她的口風！」

傅盈輕笑著，追過去拉了周瑩，跟李麗一起到偌大的廠房四周參觀。周濤瞧瞧周宣，又瞧瞧李麗幾個人的背影，終於是一溜煙跟了去。

周宣打開鎖，廠房裏堆滿了他從雲南運回來的毛料，大大小小的，全是綠意並不顯露的毛料。從外表看起來，確實是不引人注意，而且，就是賭石老手也引不起注意，因爲毛料的成色質地確實不好。

周宣運起冰氣測了測，塊塊毛料裏都有玉石，是他在雲南選好的毛料，沒有錯。

周宣還在瞧著，接著就聽到趙老二的聲音叫了起來：「周宣，你回來了，想死我了！」人未到聲先到，典型的趙老二作風，進了廠房後，又跟周宣來了個熊抱。最近幾天，趙老二在張老大面前也是興奮得不得了，腰包裏有兩千多萬，能不興奮嗎？

張老大也中感嘆不已，真的不得不感到奇怪，現在只要跟著周宣，不管到哪裡，都能碰大運發大財，真像周宣就是他們的福星一般。

上次來這裏，周宣實際上已經見過這個廠房的大概面貌了，寬是很寬的，面積達三千多平方，初步的需要是夠了。

張老大見周宣又走出廠房瞧著四處的環境，便說道：

「這個廠房暫時是租的，很便宜，才八千塊一個月，這是許氏珠寶五年前購下的，用來賭石後解石的，但前兩年開始，許氏珠寶走下坡路後，這個廠房基本上就空了起來，雖然一直想出售，但價錢太低讓許氏接受不了，所以就閒置在這兒，又因爲離市區較遠較偏僻，想租出去都沒有人租。這回我跟老陳師傅一說，他聯繫到房東後，一說便成了。我們願意租下來，雖然便宜，那也比空著好！」

周宣心中一動，問陳師傅：「陳師傅，你們東家如果出售這個廠房的話，那要多少錢？」

陳師傅也搞不清楚，皺了皺眉頭，說道：「這個我也搞不清楚，我打個電話給原來這兒

的廠長吧，他現在在市區許氏珠寶的一家店裏當經理，我們有事都還是聯繫他。」

陳師傅猶豫了一下，又才問道：「周先生，你真想要買？」

「只要價錢合適，我真要！」周宣笑笑回答著。

想了想，周宣又說道：「陳師傅，還有一件事，不知道你有沒有興趣？」

「你說，什麼事啊？」陳師傅對周宣的印象很好，他雖然年輕，卻沒有一般年輕人的浮躁樣，很沉穩，很容易便能給人一種信任感。

「陳師傅，說實話，我想把這個廠房買下來，就是專門做解石和加工玉石工藝品的。一旦開始運作，我想請陳師傅來廠房裏做解料師傅的領班。你可以把你以前的朋友或者之前在這裏的解石師傅都請回來。」周宣笑笑著說：「工資呢，我想絕對不低於同行的水準，還有業績分紅，你看如何？」

陳師傅有些猶豫。周宣說的話聽起來是好事，但解石這個職業不像是在雲南騰衝和瑞麗，誰會買了石頭到他們這裏解呢。賭石可都是十賭九輸的，許氏便是一個典型的例子，好好的一家連鎖珠寶店，就是因爲老闆許俊成的賭石而敗落了。

面前這個周宣，瞧起來雖然穩重，但如果迷上了賭石，就算有萬貫家財，不定哪天也輸得一乾二淨。如果是這樣，他給的條件再好又有什麼用？廠房經營不好全等於零。

看到陳師傅沉吟著，周宣知道他在想什麼，也不多說，只淡淡笑道：

「陳師傅，我想這樣吧，我們可以先簽個合約，底薪多少，然後再加上業績分紅，每個月在規定的日期裏發薪，這樣好不好？」

周宣在陳師傅還沒回答前又補充道：「陳師傅，你的底薪是六千，然後再加分紅，只要你願意，從現在就可以計時，不管這個廠房有沒有正式開始運作，我都會按時發工資給你們，你的徒弟，底薪則是兩千加分紅，可以嗎？」

陳師傅一聽周宣說出的這個底薪條件，當然很心動，在這裏守了這麼久，每個月都只拿六七百塊的生活費，而且最近有半年都沒拿到工資了，如果周宣能真正兌現，那無疑是一個好的機會。又因爲是老工作，做這一行，當然要比失業了再去找別的工作好得多。

「行，那我就先幹兩個月瞧瞧！」陳師傅咬了咬牙應了下來。

周宣笑了笑，從身上取一疊鈔票出來，還好在出門時帶了一萬塊現金，數了三千放回衣袋，然後把剩下的七千塊遞給陳師傅，說道：

「陳師傅，這裏是七千塊，是你跟你徒弟兩個人這個月的底薪，分紅到月底再計算，薪水我提前支付給你們，到時候你們可以再商量商量，願意幹，我歡迎，如果不願意，咱們好說好散，可以嗎？」

陳師傅怔了怔，拿著手裏的錢，著實有些發呆，幹了這麼多年，可從沒有哪個老闆沒幹活就先發錢的，就衝周宣這個爽直的性格就可以跟他幹。反正自己現在也沒有什麼收入，周

宣開出這麼好的條件，又提前支付了這麼高的底薪，就算到時候不好，自己不幹也不會損失，薪水都拿了，還怕吃什麼虧？

「好好好，周老闆，我馬上打電話！」陳師傅再也不猶豫，一口把工作的事答應下來，又趕緊拿出手機給以前的經理打電話，把自己當成周宣的人後，就要開始認真為他辦事了。

陳師傅聯繫了經理，說了幾句話後掛了電話，然後對周宣喜道：

「周老闆，以前那位經理說沒問題，這個廠房老闆早就想賣，只是一直沒談攏價錢，所以擱置了下來。他說老闆一時聯繫不上，就先訂了個時間，晚上六點，在西城飯店二零八號房面談。他一定會同許老闆一起趕到。」

周宣點點頭，說道：「那好，我記下了，西城飯店二零八號房，六點鐘，我準時到！」說完，周宣又對陳師傅道：「陳師傅，你再聯繫一下你的老朋友們，還有雕刻玉石的工匠們，如果能找到他們那就好了！」

想了想，周宣又道：「陳師傅，我也給你個底，解石和雕刻的工匠師傅，底薪最少各五千。尤其是雕刻師傅，是很需要技術的，薪水可以跟我面談！」

陳師傅點點頭，對於解石師傅，他是很有把握的，幹了這麼多年，以前的老朋友大多沒有合適的工作，在大城市裏，做解石是沒有保障的，因為做賭石的老闆們常常賭虧，動不動生意便做不下去，所以，他把那些老朋友找回來並不難，只要工錢保證按時付就行。

不過，雕刻師傅就不好找了，解石師傅不走俏，那是因爲賭石的難度高，但雕刻師傅就不同了。現在，不管是國內還是國際市場上，珠寶的熱潮是越來越高漲，銷量也每創新高，在珠寶賣場，高檔玉飾品的售價，一是看玉的質地品質，二是要看雕刻師的工藝水準，二者相結合，才能把一塊好玉的價值完全體現出來。

周宣也明白，現在哪家珠寶商沒有自己的雕刻工藝師傅呢，而且挖角非常厲害，要想從陳師傅身上找這個路子，其實並不容易。不過，只要自己福利好，生意好，自己這些毛料又是塊塊有寶的，還愁沒有錢賺嗎?別的珠寶商誰有這個能力?

一談好後，陳師傅就自顧自地給老朋友打起電話聯繫起來。周宣見陳師傅忙起來了，也就不打擾他了，笑笑招了招手，走出毛料廠房。

趙老二跟了出來，叫道：「周宣，在這兒悶了幾天，我要跟你去玩一玩！」

周宣笑笑道：「那好，你先坐老大的車回去，在家裏等我吧。我跟盈盈還要去辦點事，辦完就回來找你！」

回去時，張老大開車載了趙老二、李麗、周蒼松和周濤四個人，周瑩白天繼續看著工廠，晚上就由陳師傅叔侄和那兩個保安看守。

周宣依舊坐了傅盈開的車。到市區後，張老大開車回古玩店。周宣讓傅盈開車到附近的

一個商場準備買兩個手機，沒有這東西還真是不方便。

西區這邊的國際大廈，四樓就是珠寶和手機賣場。

乘電梯緩緩而上，在四樓的進口處，周宣第一眼見到的便是「許氏珠寶店」的招牌，怔了怔，心裏便想起剛剛陳師傅的話來，這個「許氏珠寶店」是不是就是他說的那個「許氏」？

周宣猜得沒錯，這個許氏珠寶還真是那個落魄的珠寶店。

在京城本土的珠寶商中，許氏珠寶算是一個頂尖的公司，其連鎖店以京城為中心，拓展到鄰近的天津、石家莊和太原等大城市，一共發展了四十七家連鎖店，即使在與香港和國外的幾大品牌珠寶商的角力中，也沒有落於下風。

這其實要靠老闆許俊成的硬手腕。在京城的官場上，他很有些關係，這也讓那些香港和國外的珠寶大鱷們不敢對他過分緊逼。靠著財大氣粗和關係硬，許氏珠寶也就在強手如林的珠寶界生存了下來。

但天作孽猶可活，自作孽卻是不可活，許俊成發展的步子太快，資金跟不上，於是一心投入到賭石上面。

前一年中，許俊成在賭石方面真的很好運，每次出手都大有斬獲，而許氏珠寶也在這一年間得到了極大擴張，然而，從前年上年開始，許氏珠寶便開始走下坡路了。

經營狀況每況愈下，因為在賭石上投入過大，而又屢賭不中，資金鏈斷裂，周轉現金又不夠，於是，不用別的珠寶商圍攻，許氏珠寶便自己逐漸衰弱了。

在珠寶大賣場中，別的店都有新穎高檔的物品不斷補充，許氏卻是越賣越少，生意也就一落千丈了。

周宣進了店，見幾個女孩子在店裏閒聊，也沒有人招呼客人。往往客人一進去，瞧了瞧貨物款式很陳舊，價格又貴，也就走了。這樣的事遇得多了，店員也就愛理不理的，很多店員乾脆另尋發展，自動炒了老闆，現在留下的，都是些素質不高，只為混時間混碗飯吃的。

周宣隨意看了看，女孩子們抬起頭瞧了瞧他，嘀咕了幾聲。

周宣覺得其中一個女孩子有點面熟，可一下子又想不起來，那個女孩子盯了他幾眼後，又瞧著他身邊的傅盈。

周宣突然想起來了，原來這個女孩子就是之前在街角小吃店中遇到過的那個，當時周宣身上沒帶錢，打電話叫傅盈來付錢，這女孩子還嫌他裝闊。

要是只有周宣一個人，那個女孩子倒是不容易想起來，但傅盈太漂亮了，當時開著那輛布加迪威龍現身小吃店時，她們就驚呆了，才明白了「人不可貌相」這句話。

周宣微微一笑，也不再理會，往前邊的手機區走去。傅盈趕上兩步，挽著他的臂彎，依

偎著過去。

商場大賣場裏的靚女俊男多得很，這裏屬於高消費區域，能來這裏的，基本上都是些有錢人，而且通常還會帶漂亮的小蜜過來炫耀。但像傅盈這種驚人的美麗卻是極爲少有。周宣跟傅盈一路走過去，無數男女店員都掉了一地的眼球。

到了手機專區，傅盈問周宣：「你想要什麼牌子的？」

「無所謂，能打電話就行！」周宣隨口答著。對於手機，他沒什麼要求，功能太多也很麻煩，前一次，自己手機掉了，洪哥送給他的一部又在海水中浸壞了，後來就一直沒有買。

傅盈指著一款機型說道：「那就買三X吧，隨便挑一個吧！」

在三X櫃檯前，幾個店員都有些發愣，傅盈確實太漂亮了，面對面瞧得更清楚，她甚至完全是素顏，一點妝都沒化。

店長是個三十多的中年女子，很有經驗，趕緊從另一邊過來問道：「請問兩位要什麼款式的？」

傅盈也不需要她的介紹，直接指著兩款手機說道：「把這兩款拿出來瞧一瞧！」

傅盈要的機型，一款是紅色的，一款是白色的，拿在手上瞧了瞧，是正貨，這裏是專賣店，倒是不怕賣假貨。

「多少錢？」傅盈打斷了店長長篇大論介紹這兩款手機的好處，直接問了價錢。

那店長一怔，趕緊回答道：「這款是五千三百九十九元，那款是四千九百八十八元，如果兩款都要的話，還有優惠。」

傅盈擺擺手，又道：「再買兩張手機卡，一起算，多少錢？」

那店長可是很少遇到這樣買手機的，瞄了瞄她身邊的周宣，又覺得不像一般的款爺，一般大款至少是中年以上的老傢伙，這個人太年輕了，而且穿得也不像。

那店長拿起計算器算了一下，說道：「您好，一共是一萬零三百八十七，我們可以配送……」

傅盈沒等她說完，便從包裏取了銀行卡出來，放到櫃檯上說道：「結賬吧！」

連送的東西都不要，那店員又愣了一下，趕緊刷了卡，然後讓她簽了名。

傅盈把卡片放回自己的皮包後，笑吟吟地對周宣說：「走吧，現在回家吧？」

周宣提了兩個裝手機的袋子，跟傅盈一同下樓，邊走邊說：「盈盈，你送我到洪哥家一趟，你先回家，我在洪哥那有點事。」

傅盈怔了怔，但隨即道：「好。」

後面，只聽那店員裏面的男店員們輕輕嘀咕著：「好菜都被豬拱了。」

請續看《淘寶黃金手》卷七　沉船巨寶

【附錄】

兩岸主要古玩市場．市集地址

台灣古玩市場．市集地址

台北市建國假日玉市：北市仁愛路、濟南路及建國南路高架橋下
台北市光華假日玉市：新生北路與八德路口
台北市三普古董商場：台北市新生南路一段十四號
台北市大都會珠寶古董商場：台北市中山區松江路二九一號B1
新竹市東門市場：新竹市東區中正路一〇六號
台中市立文化中心周遭：英才路、美村路、林森路、公益路、金山路和民生路等地段
台中市第五期重劃區：大隆路、精明一街、精明二街、東興路和大業路等地段
彰化：彰鹿路
高雄市：廣州街、廈門街、七賢三街、中正路、大豐路等

大陸古玩市場．市集地址

北京古玩城：北京市朝陽區東三環南路廿一號
北京潘家園舊貨市場：北京市朝陽區華威里十八號
上海國際收藏品市場：上海市江西中路四五七號
天津古物市場：天津市南開區東馬路水閣大街三十號
天津古玩城：天津市南開區古文化街
重慶市綜合類收藏品市場：重慶市渝中區較場口八二號
廣東省深圳市古玩城：廣東省深圳市樂園路十三號
廣東省深圳華之萃古玩世界：廣東省深圳市紅嶺路荔景大廈
江蘇省南京夫子廟市場：江蘇省南京市夫子廟東市
江蘇省南京金陵收藏品市場：江蘇省南京市清涼山公園
浙江省杭州市民間收藏品交易市場：浙江省杭州市湖墅南路
浙江省紹興市古玩市場：浙江省紹興市紹興府河街四一號
福建省白鷺洲古玩城：福建省廈門市湖濱中路
福建省泉州市塗門街古玩市場：福建省泉州市狀元街、文化街及鐘樓附近
河南省洛陽市西工古玩市場：河南省洛陽市洛陽中州路
河南省洛陽市潞澤文物古玩市場：河南省洛陽市九都東路一三三號

湖北省武昌市古玩城：湖北省武昌市東湖中南路
四川省成都市文物古玩市場：四川省成都市青華路三六號
遼寧省大連市古玩城：遼寧省大連市港灣街一號
遼寧省瀋陽市古玩城：遼寧省瀋陽市瀋陽故宮附近
黑龍江省哈爾濱市馬家街古玩市場：黑龍江省哈爾濱市南崗區馬家街西頭
吉林省長春市吉發古玩城：吉林省長春市清明街七四號
山東省青島市古玩市場：山東省青島市昌樂路
河北省石家莊市古玩城：河北省石家莊市西大街一號
山西省平遙古物市場：山西省平遙縣明清街
山西省太原南宮收藏品市場：山西省太原市迎澤路
陝西省西安市古玩城：陝西省西安市朱雀大街中段二號
安徽省合肥市城隍廟古玩城：安徽省合肥市城隍廟
甘肅省蘭州古玩城：甘肅省蘭州市白塔山公園
雲南省昆明市古玩城：雲南省昆明市桃園街一一九號
江西省南昌市滕王閣古玩市場：江西省南昌市滕王閣
貴州省貴陽市花鳥古玩市場：貴州省貴陽市陽明路
湖南省長沙市博物館古玩一條街：湖南省長沙市清水塘路

淘寶黃金手 卷六 爭名奪利

作者：羅曉
出版者：風雲時代出版股份有限公司
出版所：風雲時代出版股份有限公司
地址：105台北市民生東路五段178號7樓之3
風雲書網：http://www.eastbooks.com.tw
官方部落格：http://eastbooks.pixnet.net/blog
Facebook：http://www.facebook.com/h7560949
信箱：h7560949@ms15.hinet.net
郵撥帳號：12043291
服務專線：(02)27560949
傳真專線：(02)27653799
執行主編：朱墨菲
美術編輯：許惠芳

法律顧問：永然法律事務所 李永然律師
北辰著作權事務所 蕭雄淋律師

版權授權：蔡雷平
初版日期：2013年4月
初版二刷：2013年4月20日
ISBN：978-986-146-954-6

總經銷：成信文化事業股份有限公司
地　址：新北市新店區中正路四維巷二弄2號4樓
電　話：(02)2219-2080

行政院新聞局局版台業字第3595號 營利事業統一編號22759935

定價：280元　特價：199元

國家圖書館出版品預行編目資料

淘寶黃金手 ／ 羅曉著. -- 初版-- 臺北市：風雲時代，
2012.12 -- 冊；公分

ISBN 978-986-146-954-6（第6冊；平裝）

857.7　　101024088